U0134401

蔡瀾
選集・拾叁

環球之旅

SAVOY
ROUGH MARKET
James Smith & Sons
PAXTON & WHITFIELD
RY POTTER
James Smith & Sons

書　名　蔡瀾選集・拾叁——環球之旅
作　者　蔡瀾
出　版　天地圖書有限公司
香港黃竹坑道46號
新興工業大廈11樓（總寫字樓）
電話：2528 3671　傳真：2865 2609
香港灣仔莊士敦道30號地庫/ 1樓（門市部）
電話：2865 0708　傳真：2861 1541
印　刷　亨泰印刷有限公司
柴灣利眾街德景工業大廈10字樓
電話：2896 3687　傳真：2558 1902
發　行　香港聯合書刊物流有限公司
香港新界大埔汀麗路36號中華商務印刷大廈3字樓
電話：2150 2100　傳真：2407 3062
出版日期　2020年6月初版・香港

ISBN：978-988-8548-66-8

出版説明

蔡瀾先生與「天地」合作多年，從一九八五年出版第一本書《蔡瀾的緣》開始，至今已出版了一百五十多本著作，時間跨度三十多年，可以説蔡生的主要著作都在「天地」。

蔡瀾先生是華人世界少有的「生活大家」，這與他獨特的經歷有關。他祖籍廣東潮陽，新加坡出生，父母均從事文化工作，家庭教育寬鬆，自小我行我素，放蕩不羈。中學時期，逃過學、退過學。由於父親管理電影院，很早與電影結緣，求學時便在報上寫影評，賺取稿費，以供玩樂。也因為這樣，雖然數學不好，卻苦學中英文，從小打下寫作基礎。

上世紀六十年代，遊學日本，攻讀電影，求學期間，已幫「邵氏電影公司」工作。學成後，移居香港，先後任職「邵氏」、「嘉禾」兩大電影公司，監製過多部電影，與眾多港台明星合作，到過世界各地拍片。由於雅好藝術，還在工餘尋訪名師，學習書法、篆刻。

八十年代，開始在香港報刊撰寫專欄，並結集出版成書。豐富的閱歷，天生的愛好，為熱愛生活的蔡瀾遊走於東西文化時，找到自己獨特的視角。他筆下的遊記、美食、人生哲學，以及與文化界師友、影視界明星交往的趣事，都栩栩如生地呈現在讀者面前，成為華人世界不可多得的消閒式精神食糧。世上有錢人多的是，但不一定有蔡生的機緣，可以跑遍世界那麼多地方；世上有閒人多的是，也許去的地方比蔡生多，但不一定有他的見識與體悟。很多人說，看蔡生文章，如與智者相遇、如品陳年老酒，令人回味無窮！

蔡瀾先生的文章，一般先在報刊發表，到有一定數量，才結集成書，因此「天地」出版的蔡生著作，大多不分主題。為方便讀者選閱，我們將近二十年出版的蔡生著作重新編輯設計，分成若干主題，採用精裝形式印行，相信喜歡蔡生作品的朋友，一定樂於收藏。

天地圖書編輯部

二〇一九年

與蔡瀾同行

*金庸

除了我妻子林樂怡之外，蔡瀾兄是我一生中結伴同遊、行過最長旅途的人。他和我一起去過日本許多次，每一次都去不同的地方，去不同的旅舍食肆；我們結伴共遊歐洲，從整個意大利北部直到巴黎，同遊澳洲、星、馬、泰國之餘，再去北美，從溫哥華到三藩市，再到拉斯維加斯，然後又去日本。我們共同經歷了漫長的旅途，因為我們互相享受作伴的樂趣，一起享受旅途中所遭遇的喜樂或不快。

蔡瀾是一個真正瀟灑的人，率真瀟灑而能以輕鬆活潑的心態對待人生，尤其是對人生中的失落或不愉快遭遇處之泰然，若無其事，不但外表如此，而且是真正的不縈於懷，一笑置之。「置之」不大容易，要加上「一笑」，那是更加不容易了。他不抱怨食物不可口，不抱怨汽車太顛簸，不抱怨女導遊太不美貌。他教我怎樣喝最低劣辛辣的意大利土酒，怎樣在新加坡大排檔中吮吸牛骨髓；我會皺起眉頭，他始終開懷大笑，所以他肯定比我瀟灑得多。

我小時候讀《世說新語》，對於其中所記魏晉名流的瀟灑言行不由得暗暗佩服，後來才感到他們矯揉造作。幾年前用功細讀魏晉正史，方知何曾、王衍、王戎、潘岳等等這大批風流名士、烏衣子弟，其實猥瑣齷齪得很，政治生涯和實際生活之卑鄙下流，與他們的漂亮談吐適成對照。我現在年紀大了，世事經歷多了，各種各樣的人物也見得多了，真的瀟灑，還是硬扮漂亮一見即知。我喜歡和蔡瀾交友交往，不僅僅是由於他學識淵博、多才多藝、對我友誼深厚，更由於他一貫的瀟灑自若。好像令狐沖、段譽、郭靖、喬峰，四個都是好人，然而我更喜歡和令狐沖大哥、段公子做朋友。

蔡瀾見識廣博，懂的很多，人情通達而善於為人着想，琴棋書畫、酒色財氣、吃喝嫖賭、文學電影，甚麼都懂。他不彈古琴、不下圍棋、不作畫、不嫖、不賭，但人生中各種玩意兒都懂其門道，於電影、詩詞、書法、金石、飲食之道，更可說是第一流的通達。他女友不少，但皆接之以禮，不逾友道。男友更多，三教九流，不拘一格。他說黃色笑話更是絕頂卓越，聽來只覺其十分可笑而毫不猥褻，那也是很高明的藝術了。

過去，和他一起相對喝威士忌、抽香煙談天，是生活中一大樂趣。自從我試過心臟病發，香煙不能抽了，烈酒也不能飲了，然而每逢宴席，仍喜歡坐在他旁邊，一來習慣了，二來可以互相悄聲說些席上旁人不中聽的話，共引以為樂，三則可以聞到一些他所吸的香煙餘氣，稍過煙癮。蔡瀾交友雖廣，不識他的人畢竟還是很多，如果讀了我這篇短文心生仰慕，想享受一下聽他談話之樂，未必有機會坐在他身旁飲酒，那麼讀幾本他寫的隨筆，所得也相差無幾。

---

*這是金庸先生多年前為蔡瀾著作所寫的序言，從行文中可見兩位文壇健筆相交相知之深，相信亦有助讀者加深對蔡瀾先生的認識，故收錄於此作為《蔡瀾選集》的序言。

目錄

歐洲

澳洲

歐洲

西西里之旅

自從看過《教父》這部電影之後，就迷上了，一直希望有一天到西西里去。知道已看不到那時的情景，但至少有些踪跡吧。在二〇一一年的中秋，終於實現了這個旅程。

還以為西西里是個小島，原來是意大利本土之外最大的島，有二萬五千多平方公里，從一頭到另一頭還要乘飛機呢。人口有五百萬，位於國家的最南端，被地中海包圍着。

半夜從赤鱲角出發，經時差，在同一天的清晨七點左右抵達羅馬，然後轉意航國內航機，再多不到一小時，來到西西里。

首府是巴里摩（Palermo），但我們在東面的另一個大城市 Catania 機場降落，再一路北上，是一條最佳的旅遊路線。

抵達時已是中午，我們到當地的一家五星級酒店吃個午餐，設計是中東的沙漠旅館式，吃的是一些海鮮，水準不錯，但沒有留下特別的印象，可能有點疲倦了。

上車，小睡一下，經兩小時，到 Taormina，大巴士不能爬上山頂，換了七人座，彎彎曲曲小路，看見我們第一天住的 Hotel San Domenico。

打開窗，見夕陽，山下小屋及海洋，用風景如畫來描述，絕不過份，可以媲美被譽為最漂亮的 Capri 小島。

這家旅館由十五世紀的一座修道院改建，因為西西里曾經被希臘人、羅馬人、拜占庭人和游牧民族佔領過，風格各受一點影響，形成獨特的建築。

佔地數百畝，但房間並不多，可能是因為德國最著名的作家歌德在這裏下過榻，二次大戰前德國人死都要將它買下，住客之中也摻雜了不少英國間諜，成為佳話。

除了歌德，其他鼎鼎大名的藝術家不算，單數作者，就有大仲馬、勞倫斯、莫伯桑、羅素、史丹貝克，還不能忘記了王爾德。

餐廳一共有四個，我們選了陽台的，西西里一年沒幾天天陰，不必擔心下雨。

這晚是中秋，月亮沒有因為外國而感到特別大，大家的心情是歡樂的，美食一道又一道，香檳開了一瓶又一瓶，最受大家喜歡的，是竟然找到D'ast的鷓鴣牌甜汽酒Moscato，喝得大醉而回房。

翌日的早餐可算豐富，雖然沒有蘇格蘭的份量那麼大，但選擇之多，令人眼花繚亂，從數十種自烤的熱烘烘麵包開始，配無數的果醬，五顏六色，其中還有黃芥末以及白色的奶油醬。奶酪、果仁、水果、蛋糕、雪糕、芝士、蘑菇、肉丸、香腸、火腿、雞蛋、青菜，果汁當然沒有缺少。罕見的是新鮮搾的杏仁汁，最後供應醫治宿醉的回魂水蜜桃汁加香檳酒。

地址：Piazza San Domenico, 5, Taormina

電話：+39 041 862 0400

飽了，我們折回Catania去，那邊有個魚市場，漁船上岸就做買賣，當今的是填出來的曠地，但海產依舊，熱鬧得不得了。

前來迎接的是Il Sale Art Cafe的老闆Andrea Graziano和他的非洲籍女友，充當英語翻譯。這老闆四十歲左右，一派藝術家打扮，熱情得很。他父親是個畫家，本來想兒子也和他一樣，殊不知喜歡上做菜，只好依他，但條件是餐廳的名字和設計圖案要老子經手。

安德烈一路帶着我們到各家他熟悉的海鮮檔，見到新鮮的魚蝦，興奮得整個人跳了起來。

檔中賣的，劍魚特多，這種巨大的吞拿科魚類，肉並不肥，當地人多數把魚頭斬下，拿去煲湯，所以看到的都是一個個尖頭魚兒。

多類型的魚，如牙帶和石斑，都已經見過，其中還有石頭魚鮟鱇，剖開肚，露出肝來，原來他們也視為珍品。一見魚內臟，不如請他來做，他帶我們來的目的，也是我們挑選甚麼，他做甚麼。

又見到一大塊一大塊的魚卵，我要他煎來吃，他卻說不如當刺身，哈，原來西西里島上的人都好此道，正對胃口，又買了很多種沒試過的魚精子，他都說可以生吃。

來到另一檔，即刻拿了蝦就那麼剝來給我們試，當然勇敢嘗之，地中海鮮蝦本來就甜，當刺身，不差過北海道的牡丹蝦。

又去了專賣貝殼的，新奇的都打開來試，味道像 Cherry stone 和 little neck，外形不同而已。安德烈又拿起另一種，說這個最珍貴，你一定沒吃過，他女友翻譯成鮑魚，我笑着說，鮑魚是大的，這種小的叫九孔，你不相信算算看殼中有沒有九個洞，結果令安德烈折服。

逛完魚市場，興未盡，他又帶我們到乾貨店去，賣的多數是各種果仁。杏仁最多，當地產，價錢便宜得不得了。又看到剛剝落的核桃，一個有大人拳頭那麼巨型，沒見過的人不會相信。

我看到一堆黑色和一堆紫色的東西，樣子像柿餅。大家都知道我沒有吃過的，一定抓來試。各切下一片，原來前者是仙人掌果乾，而後者，味道有如醇酒浸了蜜糖，原料為已搾了汁的葡萄皮，加大量的糖，壓縮後製成餅狀，為窮人家的恩物。我一吃，味道香醇清新，即愛上，買了一大包回酒店，肚子一餓就拿來充飢，喜歡得不得了。

買完了菜，可以到餐廳去煮了。

往返餐廳的途中，走過菜市場中一檔賣牛雜的，非試不可。

檔邊擺着一個厚鋁皮造的大鍋，小販一打開蓋子，已經香氣撲鼻，從裏面撈出一個大牛胃來，就在砧板上切碎，甚麼調味料都沒有，就是海鹽罷了，連胡椒也不撒，切完分一小撮一小撮，每撮賣一個歐元，好吃得要命。

接着的是牛粉腸，他方洋人一定把粉擠掉，這裏的保留。和中國人一樣的吃法，口感極佳，毫無異味。接着的是肝臟、大腸、小腸等等，印象深刻的有白煮牛乳房，果然有點牛奶味。

最好吃的是牛血腸了。把新鮮牛血灌入大腸中，煮熟了再一片片切開。有些吃不慣的起初不敢動手，但看別人嚼得津津有味，也就放懷試了一口，好傢伙，一吃上癮，停不下來，意大利人的吃內臟文化，不遜中國人。

如果把那一大鍋裏面的湯，舀出來喝一定美味，但這點他們倒是不懂得了，好在旁邊有家人賣冰，意大利少女把很大的一顆檸檬擠出汁來，加冰，又添一點點的鹽，最後灌有氣的礦泉水。

喝了一口，又酸又鹹，當然沒有放糖的好喝，但他們説這才是最能幫助消化，而且對健康有益，是西西里島獨特的喝法，也照灌了幾杯。

Il Sale Art Cafe 躲在 Catania 市中心的一條小巷之中，旁邊還有一間小裁縫店，店主坐在門口，一針一線為客人精製西裝，人非常健談，教我全人工和大工廠製衣的不同。真想請他為我做一件，但路途遙遠，不能依照他所説的試身三次，作罷。

餐廳不大，全白色裝修，牆上掛滿當代繪畫，原來是提供給新藝術家在這裏有個辦個展的機會。

女招待身穿印着該店標誌的T恤，人長得嬌小，高高瘦瘦。意大利少女真好看，但結婚後會是怎麼一個樣子，就不敢想像了。

我請她給我拍一張照片，她親切大方地說好，但我拍的是她身上的圖案設計，她有點失望。拍完之後，我再拍她的特寫，又要求合影，這時她才開懷地笑了。

生東西吃得多，肚子開始咕咕作響，我知道非採取緊急措施不可，那就是灌烈酒。叫了一杯果樂葩 Grappa，由葡萄皮和梗釀製，本為最低廉的土炮，但近年來被美食家欣賞，已開始精製，用最好的葡萄，去肉而製。

我叫的是以最甜的葡萄 Moscato 提煉，略帶甜味，非常容易入喉，店裏的酒師見我懂得選擇，大樂，一連介紹我數種島上做的。連飲數杯，胃舒服得多，人也飄飄然起來，我一向叫此佳釀為快樂酒，一點也不錯。

老闆安德烈躲在廚房好久，菜一碟碟不停地捧出來，先把各種罕見的海鮮炸了、煎了、煮了來吃。我最有興趣的是他的魚卵，說要生吃，看他怎麼炮製？

原來是把金鎗魚腩部 Toro 刺身剁碎，再將生魚卵擠進去，攪拌一下，撒點海鹽，就那麼上桌。一吃，清甜無比，因為新鮮，一點腥味也沒有，起初覺得怕怕的團友們，都大嚼特嚼。

看到一隻隻如銅板的生魷魚，甚麼調料也不用，海水本身已是鹹的，就想那麼抓來吃，安德烈説等一等，他拿起一隻，剝開了，取出小塊的骨質東西，原來不是魷魚，是小隻的墨斗，當然得除硬斗才行。

接着上的是地中海龍蝦、劍魚湯、各種不知名的魚，都非常之肥美。最後的甜品也很有心思，是根據店裏的標誌用朱古力粉鋪在碟上，蛋糕和冰淇淋放在中間上桌，再加上島上的各種芝士。

如果愛吃刺身和海鮮，逛逛菜市場，再來這家餐廳大吃一頓，已經值回西西里島走那麼一趟了。

地址：Via S. Filomena, 10, 95129, Catania, Sicily

網址：http://www.andrsagrazidno.com

從 Catania 出發，沿途見到西西里島最大的活火山 Mount Etna，幾天前還爆發過，導遊説還擔心我們飛不成。火山在日本看得多，也去火山口近觀呢，這裏不必了吧，只是遠望。

中午於一個小山城吃飯，房屋依山而建，是意大利獨特的風格，爬了上去，古城的各個角落都是美麗的風景，加上藍天，拍成照片，一幅幅的沙龍作品。

晚上抵達希臘人留下來的神殿，入住一家叫 Villa Athena 的酒店，雖然只有四星，但全白色，乾乾淨淨，設計又新穎，非常之舒服，望着打亮燈的神殿，吃了晚飯休息。

一大早遊神殿，這裏東西保存得比希臘所有的都完整，真想不到研究希臘建築，要跑到西西里來。古蹟旁邊添加了後人做的銅像，有大頭的，有立着的，有躺着的，巨大無比，陪襯着神殿的石柱，更覺宏偉。

躺着的那個，全身赤裸，露出的陽具，與身軀一比，顯然地渺小，我們男人看了，都感覺自己的還有點自豪。其實正常狀態之下，那東西都不應該太大的，米高安哲羅對人體的構造最有研究，在翡冷翠看到他雕塑的大衞像也是小得可憐，大家在春宮片見的，都是異形，不必自卑。

車子一路往西西里的首府巴里摩（Palermo）走去，沿途，馬路的兩旁都種滿了仙人掌樹，真的除了墨西哥之外，就沒看過那麼多仙人掌的。

正當是果實最成熟的季節，樹上長滿一粒粒像馬鈴薯般大，褐色的仙人掌果。樣子並不吸引，我在羅馬的菜市場見過，這裏產得太多，已經沒人去採，任它們自生自滅，要是中國人入侵，可要大大小小的做一筆生意。

在海邊的旅館小息時，花園中也很多，長的是鮮紅顏色的，有的還紅得發紫，忍不住，伸手去，想摘一顆來拍張照片。手指按在刺與刺之間，用力拉，說甚麼它也不肯剝脫，卻擠出紅顏色的汁來，放在唇上一試，哎呀呀，天下竟有那麼甜的液體，真後悔沒弄一堆來吃。

終於我們來到巴里摩，見四處是高山峭壁，城市怎能建在此地？遠處，有間小屋，寫着「No Mafia（向黑手黨說不）」幾個大字。

原來當地出現了一個清廉的反黑社會專員，差點把黑手黨杜絕，但對方也不好惹，在那間小屋用望遠鏡監視，等到專員的車隊來到，就用遙控引爆數噸的炸藥，將他殺死，市民為了紀念這位專員，立下此碑。

當今還能在巴里摩遇見黑手黨嗎？當然不會。殺一個人，兇手如果遇害或被囚禁終身，得養活他家老小，也是很重本的一回事，黑社會才不會那麼笨。現代的已經做合法生意，都轉去開建築、財務公司和大型超級市場了。

巴里摩本身也不是一個可愛的城市，古古老老，陰陰沉沉，建築物也不是很有特色。至於餐廳，我們到一家米芝蓮星的，還有一個來自東京的大廚，但做出來的都是行貨，吃完他前來問意見，我用日語把他大罵一頓。

住的旅館雖說也是五星，普通得很，沒有印象。但巴里摩不可不來，此行的高潮，是到被譽為世界最佳料理學校之一的 Casa Vecchie 上課。

地點在 Vallelunga，距離市中心還要一個多小時的車程，是一整片數萬畝田園的大地，種滿葡萄、各種果樹香草，像個世外桃源。

這間學校為 Anna Tasca Lanza 創立，她父親是個出名的酒莊主人，長大後她嫁了蘭沙公爵，有了這大莊園，可以為天下同好者分享美食經驗。她的《Heart of Sicily》、《Flavors of Sicily》、《Herbs and Wild Greens From The Sicilian Countryside》、《The Garden of Endangered Fruit》等英文書我都收集齊全，嚮往已久。

可惜安娜在二〇一〇年逝世，當今由她的女兒 Fabriria Lanza 承繼，她本人也有五十歲左右了，是位高大優雅的女士，足以用英文 Handsome 來形容。

老師一點架子也沒有，當自己是家庭主婦，先帶我們走入廚房，也是她的教室，拿出來的是一瓶瓶的酒和一大堆芝士。

西西里芝士多數用蠟封住，做成一個小葫蘆狀，上小下大，也像個乳房。甜品更像，豐滿的半圓形蛋糕，頂上放着一顆櫻桃，當地人叫為「維納斯的奶奶」。味道很不錯，還有各種新鮮的羊奶芝士，是當天早上做的。至於酒，都是為自己釀造，沒有貼上牌子，紅白餐酒和玫瑰讓我們喝個不停，飲之不盡，未開課，人已醉。

說到西西里的名酒，印象最深的牌子是「Donna Fugata」，Donna 是女人的意思，而 Fugata 則是逃掉。我們一路上喝這種紅酒，都用粵語笑說是「走路老婆」。

授業開始，今天的速成班做四道菜，一、鷹嘴豆餅 Panelle。二、野茴香沙甸魚意粉 Pasta With Sandines and Wild Fennel。三、茄子雜菜 Caponata di Melanzane。四、新鮮薄荷烤羊肉 Stew Lamb With Flesh Mint。

鷹嘴豆餅很容易做，用豆粉加水打勻成糊狀，放在碟上一下子就乾，然後切片油炸，是很好的送酒小菜。

茴香意粉把麵條煮熟，再將新鮮茴香菜切碎，沙甸魚煎好，放入攪拌機內打成醬，加洋葱、松子、葡萄乾和胡椒，淋在麵上，拌後非常美味。秘訣在加大量的茄醬，那是用一百公斤的鮮番茄，壓成醬後日曬三天，等到水份乾了再製成一公斤的醬，想不好吃都難。

茄子雜菜則將茄子切丁，加橄欖、芹菜，以小鹹魚及醋吊味，炒成一碟。

當天沒時間把羊肉燉好，只是用烤的，沒甚麼學問，不談也罷。

四道菜學做了，就是我們的午餐。意粉最美味，我們都能學以致用，回香港做出這道好菜來。意大利人吃意粉，有時也下台灣人喜好的烏魚子。我告訴老師，下次她來港，我做大閘蟹拼意粉給她吃，又將做禿黃油的過程描述，聽得她大流口水。

好友的子女都有心當大廚，跑去法國藍帶，或美國飲食學院讀書。但如果是我的話，我會到這家人去學。第一，老師會講英語，又是一對一的教學，可以住在學校裏面，每天早上和她去選食材，花園中採香草，做中餐，午後小睡，醒了又進廚房準備晚宴。吃過芝士，和老師一面飲餐後甜酒一面聊旅行經驗，住上三個月或半年，不可能燒不好一頓意大利菜。

各位有興趣不妨一試，老師與我一席之談，已成為老友，我怕我的名字難記，告訴她英文名叫馬里奧Mario，與她聯絡，說是來自香港的馬里奧介紹的，應該更容易熟落。該校只在每年三月至五月、九月至十一月開課。

網址：http://www.annatascalanza.com

威尼斯之旅

從北非的馬拉喀什 Marrakech 的安縵酒店，我們飛去威尼斯的安縵 Aman Canal Grande Venice，兩個多小時抵達，反過來也是一樣，怪不得許多歐洲人愛去有異國風情的馬拉喀什度假。

威尼斯已到過多次，之前都是由陸路前往。這回從飛機場到市中心，坐一個多鐘的水上的士，才知辛苦。對面一有船來，即刻掀起巨浪，搖晃得厲害，暈船的人已經臉青，飽受老罪。

從機場到市內距離並不遠，但空中有交通控制，水上也有，船速緩慢，尤其到了遊客區的大運河，更像龜行。

建築在一百一十個島上的威尼斯，以榿木（Alder Tree）樹幹插入海中，用木無數，才能組織成地基。榿木是防水的，但經過近千年，也已腐爛，整個城市開始下沉，一張潮就淹水，要去乘早去吧。

最好的酒店是 Cipriani，好萊塢明星 George Clooney（佐治古尼）結婚時選中入住，但他的太太 Amal Alamuddin 品味更高，和家人選中威尼斯安縵下榻。這座巨宅 Palazzo 由十六世紀的 Gian Giacomo dé Grigi 設計，氣象萬千，重新裝修後盡量保持原貌，特大的房間牆壁漆白，每一間都有燃木壁爐，簡單中見豪華，舒適到極點。

從碼頭進入高樓頂的遊客層，爬上大理石樓梯，經過無數的壁畫、燈飾、傢俬，一切原封不動，有如一家可以住人的博物館，更像被當年的貴族招待到他們家裏吃飯。

最喜歡蒲安縵的酒吧，各有特色，這家全面巨型的鏡子前面擺着你能想像到的名酒，還有一個巨大的銀製煲茶器，當然是古董。來到威尼斯就得喝杯貝里尼（Bellini），由有汽白酒和水蜜桃汁混合而成，當然在發明此飲的 Cipriani 酒店喝最正宗，當今全世界的酒保都會調這種酒，但是如果不是水蜜桃新鮮的季節，喝用罐頭汁的話，就要被人笑外行了。

安縵的餐廳水準一直被讚，晚上就在這裏吃，真是一流，從餐後大廚所選的芝士，更表現出他的品味，是哪一位名師呢？

走出來打招呼時，很意外看到一個日本年輕人，蓄着小鬍，一表人才，自我介紹時謙虛地說來了意大利才十年，經驗未到。

說笑話吧，意大利人如果不領略到過人之處，才不會讓一個外國小子來當主廚。

這個叫藤田明生（Fujita Akio）認出我在《料理的鐵人》當過評判，很親切地用日語和我寒暄了兩句，我乘機和他約好，一齊去買菜。

翌日一早，藤田帶我走出後門，原來這不只是後門，而是另一個由陸路來的入口，花園中種滿巨樹，像英國的鄉下屋多過置身水上之都。

已是八點，還有很多店舖未開，我們在小巷中穿梭，其實真的不遠，就到達菜市場。想起多年前，金庸先生夫婦邀請我遊歷威尼斯，我單獨一人在這菜市場蹓躂，構思了一個叫《黑輕舟》的鬼故事，猶如昨日。

市場中最多的是海鮮檔，各種魷魚墨斗八爪魚，樣子和我們的一樣，但肉味和口感完全不同，他們的，怎煮都軟熟，不像我們的那麼硬，香味更濃，墨汁也不腥。

其他味道最大分別的是蝦，有些剝頭脫尾，香港人一見不碰的，是出奇地香甜和濃味，一碟意大利粉或飯，放幾隻下去，即成天下美味。

小公魚也很新鮮，有的肚中還飽飽地充滿春，怎麼炮製都好吃。剛剛剝開的鮮貝也誘人。大尾的魚很多，金槍太普通，我看到了比目魚，已知道要怎樣做，和藤田商量，他大喜，說自己也好久沒吃過，今晚一定好好地烹調。

蔬菜檔中，香港人會感到好奇的是朝鮮薊（Artichoke），是一種在地中海沿岸盛產的菊科菜薊屬植物，音譯其名，甚美，叫雅枝竹，最令人驚奇的是它不只呈綠色，還有紫色的，像一朵朵的花。

西班牙人會整個丟進火爐中，把外層燒焦了，剝開，只吃其心。意大利菜裏多數是水煮，當沙律吃。威尼斯甚麼都貴，時令的菜比香港便宜得多，擲下五個歐羅，就可以買兩三公斤，一大堆捧走，讓大家吃一個夠。

番茄是意大利人的命根兒，不可一日無此君，各式各樣的，有的還紅綠條斑相間，神奇得很，當今已幾百畝幾千畝幾萬畝地用溫室種植，從飛機上看下來，改變了大地的景色，以為平原是塑膠構成。

大廚先將一大袋一大袋的食材搬回酒店，我留下，在市場周圍的小商店找到各種海鮮罐頭，還有烏魚子，意大利用來攪碎了撒在意粉上面。希臘人、土耳其人也都愛吃，我買了很多，再下去的旅行，不必只用開心果或花生來送酒，在酒吧中請侍女拿去廚房片開，整齊地排成一碟碟，令周圍的酒客羨慕。

魚市場的牆上，掛着一大幅海報，原來是海明威在五十年代逛市場拍的照片，可以看到他用的徠卡取景。

有甚麼比在市場附近吃的早餐更好？一大早，小店的老闆已肯為我做海鮮飯和意粉，另外將一些活魚片當刺身，可惜他們沒有醬油文化，只用橄欖油和陳醋來蘸。一大早不想喝酒的，看到面前那堆佳餚怎麼忍得了？

來一瓶 G. Menabrea E Figli 啤酒吧，意大利一向不以啤酒見稱，這家人已開了一百六十年了，味道不錯，值得一喝。

威尼斯說小也很小，如果你只在聖馬可廣場周圍的商店街走走；說大也大，可以到很多小島，像製造玻璃的，房屋五顏六色的。但還是市中心有趣，如果每家店舖都仔細看，也至少有五六天可以逛。

當然是先到賣筆和紙張的文具舖去，這裏有羽毛的書寫工具，筆頭是玻璃造的；也有各種墨水，含着花香。帽子店亦多，著名的 Borsalino 也在此開分行，巴拿馬草帽已有不少，這次出門忘記帶來，在其中一家小帽店買了一頂貢多拉船夫戴的，藍絲帶邊，打個結，拖下兩條尾巴，一看就想起威尼斯。我買了一頂，等到它殘舊了，就在帽上畫畫，應該也特別。

有家賣咖啡器的，各種顏色款式，從最簡單的小煲仔到最複雜的電器產品。變化萬千的咖啡杯碟，各國來的咖啡豆也齊全，喜歡喝咖啡的人流連。

每家店賣的東西都很專門，有間只售口琴的，想起黃霑，要是他來到也不會走開吧。我是雪糕癡，來到意大利不吃雪糕怎對得起自己？最出名的當然是Venchi，但當地人會選 Gelateria Cá d'Oro，吃過了發現的確又滑又香，開心果雪糕最為流行；我還是最愛純牛奶，或加了焦糖的，這家店一連去了三次。

特別的有一家叫 White，好像在雅典也看見過它的分行。自己喜歡拿多少就多少的軟雪糕店，但也不是任食，而是取後才到櫃枱去秤，以重量算錢。店裏擠滿小孩子，包括我一個老頭，店的附題，寫着 Puro Piacere，是純粹歡樂（Pure Pleasure）的意大利文。

聖馬可廣場都是一團團的中國遊客，可以避開就避開，遊覽的話可以在清晨或深夜去，整個廣場靜得像有鬼出現。出些費用，就可以請到會講英語的導遊，我們運氣好，一連幾次都是意大利美女。

夜遊公爵府是過癮的，舊時威尼斯的統治者不自稱皇帝，只叫公爵，預早申請的話可以讓導遊帶你進去，詳細地看他的起居。壁上的巨大油畫，記錄着當年的功績和世界各國前來威尼斯朝拜的貴族及使節。這條參觀路線可越走越遠，步行到了嘆息橋的內部，和罪犯同一個角度，從窗口望威尼斯最後一眼。

不明白為甚麼衣服皮袋任花，就不肯給點錢辦私人遊覽，在白天漂亮的導遊帶我們直爬上聖馬可的鐘樓，看它內部的構造，從鐘樓高頂俯覽整個威尼斯。一家家的陽台，有的是住宅，有的是小旅館，如果在網上查足資料，就可以租上一個星期，還由家庭主婦燒正宗的意大利菜給你吃，深入體會當地人的生活。

走入民間吧，只要精力足夠就可以步行幾小時，從小巷中走進一個個的廣場，中間必有一口井。咦！威尼斯建於海上，挖下去也是海水，這口井有甚麼用？原來不是直掘而是橫挖，像蜘蛛網一樣在地底輻射，收集雨水貯藏，真是聰明！

再經過無數的橋，其中有一座在Sestier de S. Polo名叫「Ponte de le Tette（奶奶橋）」。Tette這個字眼出現於很多費里尼的電影，他對上年紀女人的大胸部特別迷戀。出於童真，沒有半點不妥之處。去了西西里，有種蛋糕樣子有如乳房，也叫Tette。

當時威尼斯是個商業城，做生意嘛，一定有女人較容易談得成，當年道德觀念放鬆，召妓有如吃生菜那麼平常，到了晚上一大堆女人就站在橋上樑邊，露出雙乳招徠，故此名之。現在當然看不到了，但情景可以想像得出。

有年來到，適逢這裏的嘉年華，大家都戴上面具遊蕩，旅客來到奶奶橋，也紛紛剝了上衣拍照。

從奶奶橋再往前走，就能看到一座巨宅，庭院幽深，非常高雅，種滿了花，裏面的人也衣冠整齊，大門外有塊紅色的牌子，寫着 Centro Salute Mentale，原來是家瘋人院。

另一條深巷中開了家「天津飯店」，如果各位在我的遊記中看到光顧中國菜，就表示那個國家的菜難於下嚥了，出門那麼久，沒想過。

Rialto Gel 開在奶奶橋附近，專吃海鮮，其實在意大利除了披薩店之外，都有點水準。不明白為甚麼有人欣賞披薩，我認為這是天下最難吃食物之一。

在餐廳中叫了一瓶冰凍的 Moscato d'Asti，貼紙上畫着隻鵪鶉，名叫 Bricco Quaglia，為最好喝的意大利汽酒。

喝一口就快樂的是 Grappa，本來這是飯後酒，像白蘭地一樣，我才不管，照喝，只要讓我高興。在威尼斯最高級的海鮮店 Linea d'ombra 看到有瓶二十年的 Grappa di Barolo，即刻叫來配海鮮，當晚剛好有已經罕見的藍龍蝦 Blue Lobster，請大廚做意粉好了，他的表情好像是說食材難得，怎麼只可做個便飯？

臨離開前在酒店吃大餐，藤田很滿意地捧出一大碟魚，那是我們在海鮮市場買的比目魚，很大條，一共買了三尾，只取其邊。比目魚的邊是絕品，生吃固佳，煮了在骨頭上也黐滿了啫喱狀的骨膠原。

我吩咐藤田用日式的「煮付 Netsuke」炮製，即是用清酒、味醂、少許糖和醬油來紅燒的做法，一面煮一面淋汁，看魚剛剛熟即停，不遜粵人的清蒸。藤田說他自己也好久沒吃過，當晚捧出來時神情興奮，見我們吃得津津有味，大樂也。

重訪意大利

很久未到歐洲了，得到一艘叫「盛世公主號」郵輪的邀請，叫我去試一試。

正合我意，一般坐太久的郵輪我會覺得悶，此回是這艘郵輪的下水禮，從 Trieste 到羅馬，只要五天時間，中間還停一停前南斯拉夫的黑山，時間雖短，但也能達到我去意大利的目的，那就是買手杖了。

早幾天，我和公司旅遊部的主任張嘉威先從香港飛米蘭，此君在意大利留學，有他作伴，言語溝通無問題。

半夜的航行，上機即刻吞了半顆安眠藥，一睡醒已到達。經過時差，米蘭當地時間是清晨，在米蘭一向住四季酒店，張嘉威說阿曼尼精品旅館有房間，可以試試，也就點頭。酒店並沒太大的特色，反正在杜拜都住過同一家，無驚喜。

我們男人，要買甚麼心中已打算好，直奔一家叫 Bernasconi 的男士精品和古董店，一眼就看到銀製手柄的手杖，暗格一按，裏面可以藏一根雪茄，即刻買了，其他並無入眼的東西。

地址：Via Alessandro Manzoni, 44, 20121, Milano

電話：+39-02-8646-0923

中餐訂好市中最古老的餐廳 Boeucc，始於一六九六年，即清康熙三十五年，接待過當年皇親國戚。當今去，還是那麼古典優雅，一點也不陳舊，一點也不過時，絕對不是三百多年前古蹟。

本來此行還想去產米的地區吃鯉魚。甚麼，意大利也產米？年輕人沒聽過，更不知有一部電影叫《粒粒皆辛苦》（Riso Amaro）（1949），當年有一張海報，是女主角施維京曼嘉諾挺着胸，隱約見乳峰，已令世界年輕人噴出鼻血。我曾經到過拍攝地點，產米的地方就有水田，有水田就有鯉魚，意大利人把米塞入鯉魚肚中，做出一道菜，我問過所有意大利人，也沒有人聽過。

產米地區不在行程之內，這次吩咐張嘉威左找右找，原來 Boeucc 有個老廚子會做這道菜，專門為我準備了，吃得又美味又感動。米用蘑菇和肉碎炮製過，再塞入魚肚炆熟，魚皮略烤後上桌，不錯不錯。

叫了一碟小龍蝦，意大利的 Scampi 和大陸的種類不同，有長螯，蝦味特別濃厚，肥美時用來煮意粉，真能吃出地中海味道來。與世界老饕共同，是最新鮮的海產，生吃最妙。上桌一看，身上的殼剝了，留下蝦頭給客人吸啜裏面的膏，蝦肉就當刺身了。

接着來個小牛腰煮白蘭地，又特別又好吃。不吃意粉是說不過去的，來碟鮮蛤拌意粉。中餐不能吃太多，要個甜品吧，老店一定有水準，正在看菜牌，侍者推出一輛甜品車，已眼花繚亂，選了兩種：像雪糕一樣的 Panna Cotta，淋上杧果醬。還有當造的橙，我一向怕酸，這裏做的是把橙肉煮了，上面鋪着用糖浸出來的橙皮，刨成一絲絲，橙肉配橙皮同吃，就不酸了。

埋單，便宜得發笑，重重打賞了為我做鯉魚飯的師傅。

地址：Piazza Belgioioso 2, 20121, Milano

電話：+39-02-7602-0224

飯後再去幾家手杖店，都沒有合我意的，想起購物街頭有家 Lorenzi 刀店。有次查先生請我去米蘭，在那裏買了多把小刀，查先生有收藏小刀的嗜好，記得店裏也有售賣手杖，就走一趟，原來已經搬走了，購物街只有 Cova 和這家 Lorenzi 我最熟悉，前者還在，後者沒了，好像少了一個地標，穿過半個米蘭，找到這家老店的新址，可惜手杖的種類也不多，沒買成。

地址：Corso Magenta, 1, 20123, Milano

電話：+39-02-869-2997

來到米蘭，總得去最大的拱廊 Duomo 朝聖，但此地已到過多次，當今又擠滿東方遊客，一大堆吉普賽人在此鎖定他們為目標下手，又沒甚麼好食肆，這回不去也罷。

到了米蘭，才發現四月的意大利已那麼熱，太陽猛烈，非常刺眼，好在我的行李之中有冬夏兩季的衣服，能夠應付任何天氣，但是忘記了帶帽子呀！

還是逃不出 Duomo 的魔掌，驅車到進口處的帽子老店 Borsalino，這家人的巴拿馬草帽選擇最多，一直由 Montecristi 廠供應，巴拿馬草帽並不是在巴拿馬造的，而是於艾瓜多爾。

地址：Galleria Vittorio Emanuele 11, 92, 20121, Milano

電話：+39-02-8901-5436

在櫥窗中就看到我要的，巴拿馬帽我已有多頂，就是少了可以摺疊的，裝在一個精美的木製長方形盒中。我買的算便宜，最貴的可以捲起來裝進雪茄鐵筒中，但當今已沒這種手藝了。

功德圓滿，返回阿曼尼酒店的餐廳，胡亂吃了一頓並不特別的，本來應該到外面找，但實在已經很疲倦，吃完倒頭就睡。

第二天一早出發去酒莊，僱了一輛中國司機的車，問他哪裏有最地道的早餐，他回答意大利人並不注重早餐，只是喝咖啡和吃一個甜包，也好過在酒店的自助早餐，停在路邊的小店，叫了茶，喝完上路，太陽猛烈，戴上帽子，想到太陽眼鏡在和尚袋內，一摸，即刻冷汗直標，才知道忘記了，留在咖啡店中！這次完了，歐羅沒了也可以再賺，若是遺失護照和香港身份證，可不是鬧着玩的，完了，完了。

腦子裏做了許多準備，護照不見了要去哪裏補領？米蘭有沒有新加坡領事館，得飛羅馬嗎？郵輪是上不到了，少我一個也沒有辦法呀，最多賠償他們機票，但要在意大利等多久呢？

叫司機折返小店，他知道是沒有希望的，也沉着氣，載我回去咖啡店，衝進店裏，呀的一聲，那黃色和尚袋還是好好地掛在椅背上，已經過大半小時了，沒人去動它。

心中大喜，誰說意大利小偷多，多的也是移民或流浪漢，意大利人還是老實的。從袋中拿出幾百歐羅給咖啡店老闆，要他開香檳請餐廳客人飲，這個留着整齊小鬍子的大漢搖搖頭，很自傲地說：沒事！沒事！不必！不必！

虛驚一場，繼續上路，走了兩個多小時，在公路上一個休息站停下，意大利的不像日本的，各地都有不同的土產，這裏千篇一律地賣可口可樂和 M&M 巧克力，看了一會，唯一下得手的是一大包杏仁糖，一顆顆用紙包得像我們的陳皮梅，打開一看，裏面有透明紙包着像餅乾的東西，一咬，甜得要命，但杏仁味極重，很有特色，是 Amaretti del Chiostro 公司的產品，世界各地的高級超市皆有售，看見了，不妨買包試試。

從米蘭到酒莊整個路程差不多要四個小時，中午酒莊的好友蓮莎 Renza Lorenzet 請我們到附近一間教堂旁邊的小餐廳吃飯，這個季節遍地都開滿黃色的小花，原來是蒲公英。蒲公英一身是寶，可以炸來吃，曬乾了也能當藥用。

我和蓮莎的結緣，是多年前我寫了一篇關於意大利烈酒 Grappa 的文章，把酒名譯成了「果樂葩」，蓮莎當年還在北京留學，託人找到了我，從此大家成為了好朋友，她把任職的酒莊 Bottega 做的果樂葩，裝進很特別的玻璃瓶中，有玫瑰花、帆船等形狀，都很有藝術性。酒也好喝，果樂葩本來是意大利很低級的酒，用葡萄皮釀製的，經他們的宣傳和提升，成為酒徒珍品。流行起來，當今是把葡萄肉扔掉，只剩下最好的皮來釀酒。

「為甚麼用皮不用肉？」當人家問起時，蓮莎回答得直接：「葡萄的香氣在肉，還是在皮？你說說看！」

以前也組過團專門參觀了他們的酒莊 Bottega，當時規模很小，這些年來給這家人的年輕老闆 Sandro 發揚光大，當今是意大利數一數二的了，各地的免稅店都能找到他們的產品。

這次造訪，老闆不在，由蓮莎一直帶着參觀，周圍的地皮也給他們買下來種有機的葡萄，我用手機把釀酒過程拍下。可惜現時不是葡萄成熟的季節，大家約好，在九月的收成期再來，到時將會是一個幾天幾夜的大慶祝，大家一定會玩得高興。

傍晚，蓮莎帶我們入住酒莊附近的一座叫 Castel Brando 的古堡，已重新裝修為精美的酒店，很有氣派。蓮莎要請我吃大餐，我說這幾天已吃得撐住，再也吃不下了，她說那麼來一些前菜下下酒，主食免了如何？

在古堡的地下室餐廳設宴，所謂的前菜，是一大碟一大碟上桌，怎麼還有？怎麼還有？不停地問，不停地上。吃的是當地農家菜，早年意大利窮，甚麼都吃，尤其是內臟，這正合我意，甚麼肝和肚大堆頭的上桌，不像法國菜那麼一小碟一小碟那麼寒酸，吃得非常之過癮。快要崩潰時，侍者前來，宣稱要上主食，我即刻逃之夭夭。

古堡的 Spa 是一流的，原來這一帶都是溫泉區，意大利的溫泉數目比想像中多，但不像日本那樣好好地發展，實在可惜。

地址：Via Brandolini Brando, 29, 31030, Cison Di Valmarino

電話：+39-0438-9761

網址：www.castelbrando.it

翌日從古堡出發，一路是溫泉鄉，我也一一考察，想下回帶團來可不可以入住，原來這些所謂豪華的溫泉酒店，浸的只是一個游泳池般大的公眾池，接着有人按摩罷了。我知道意大利有一些梯田式的露天溫泉，在 Montegrotto Terme，下回考察後帶大家去。

一路往上船的 Trieste 去，中間在一個叫帕多瓦（Padua）的小鎮停下，是個大學城，車子只能泊在外圍，要走一段很長的路才到市中心，當今很多意大利小城都是這樣，不然遊客氾濫，難以控制。很多人嫌麻煩，我倒認為是一個好制度，不想走路的話可以叫的士，上網一呼即來。

到了市集走一圈，印象全是大紅顏色，各種水果和蔬菜都紅得厲害，甚麼形狀都有，也賣得便宜，尤其是番茄，不看不知道有那麼多品種。把番茄從意大利人手中奪去，他們就活不了，也有人說像把他們雙手綁起，他們就不會說話了。

吃飯的是一家城中最好餐廳 Godenda，專賣海產，叫了些意粉和魚，在香港可算是三星級的，那裏根本不算是甚麼。

地址：Via Francesco Squarcione 4, 35122, Padua

電話：+39-049-877-4192

（編註：Godenda 於二〇一七年四月十日停業，說要改變創新，有機會再重開。）

一路上有說有笑，當地司機叫胡傑，是好青年，非常可靠，大家去意大利可以找他兼任翻譯，微信號是：_Angelohn

電話：+39-339-893-8801

終於，來到了 Trieste。

Trieste 是意大利臨 Adriatic 海的一個重鎮，自古以航海業著名的，我從前在南斯拉夫時從陸路來過，我們乘坐的「盛世公主號」就是從這裏首航。到了碼頭，一看，哪裏像船，簡直是一座海上城市。

全艘船白色，漆上藍色海浪的船頭，很有氣派。中國人有錢了，美國人也為中國賓客量身打造，船上的種種說明，除了英文之外就是中文字，威水得很。

整艘船排水量十四萬三千噸，長一千英尺，寬一百六十英尺，可載客三千五百六十人，船上有一千三百五十名服務員，由意大利蒙法爾科公司製造。

郵輪徐徐開出海時，碼頭聚集了幾千人，原來船長是 Trieste 人，幾乎所有同鄉都出來送船。

這次邀請上船的都是傳媒，當然以中國為主，我們是明星顧問團的成員，藝術顧問是常石磊，時尚顧問是吉承，親子顧問由田亮和葉一茜負責，吃的是我了。

船上有多間餐廳，一般的美國郵輪都要平等，所有吃的一樣，沒甚麼特色。此船有些餐廳要收費，所以起了變化，吃的花樣也多了出來，我們一間間去試，當然最多人去的還是中間最大又免費的那家。

常石磊是奧運主題曲創作人，身材略胖，為人風趣，惹得大家都整天笑嘻嘻，眾人都暱稱他「石頭」。

五天航程很快就過去，中間還停了一站黑山，和其他港口一比，沒甚麼看頭，我們到當地菜市場一逛，賣的臘肉火腿便宜得要命，眾人都買了一大堆回去。

到了羅馬，大家依依不捨地道別，這次住的是 Fendi Private Suites，就在西班牙石階轉角，整間酒店只有七間套房，裝修得平凡之中見功力，所有職員都穿得光鮮，連大門的管理員也是一個七呎高的黑人美女，一身 Fendi 打扮。

地址：Via della Fontanella di Borghese, 48 00186 Roma

電話：+39-06-9779-8080

網址：http://www.fendiprivatesuites.com

當然先去找手杖，可惜走了多間，都是一些我買過的式樣，別無新意，古董的也不多，還是找吃的吧。

去了我最愛光顧的肉店 Roscioli，以為走進去就是，沒訂座，去到後見擠滿人，要等到有位不知幾時，就走到櫃台去，找到一個像是主任的肉販，向他要了幾餅最好的烏魚子。

很多人以為只有台灣盛產這種東西，卻不知意大利人吃得多，他們最常捏碎了撒在意粉上面，老饕皆好此物，賣得甚貴。

我接着要他推薦其他臘肉及火腿，價錢不論。他知道我識貨，說會切一碟他自傲的，讓我試過之後才買，我說我沒地方坐呀，他用手勢示意要我等，接着的當然是店裏最好的招呼。

我又叫了小龍蝦，這裏的比我在米蘭吃的更大更鮮美，接着來各種刺身，再叫了一瓶我最喜歡的 La Spinetta 的 Moscato d'Asti，招牌畫着一朵花，味道和野雉牌的一樣好。

臘肉上桌，林林總總，最好吃的是全肥的醃肉，一點也不膩，別人看了怕得逃之夭夭，我卻認為是天下美味之一，另外此君介紹的風乾豬頸肉，也是一流，各自買了一些回香港。

地址：Via dei Giubbonari, 21 00186 Roma

電話：+39-06-687-5287

網址：www.roscioli.com/

太飽了，甚麼地方都不想去，回房休息，這家酒店可以好好享受一下。到了傍晚，下雨，正是散步的好心情，西班牙石階的名店街大家都逛，就是不去在旁邊的Babingtons，我躲了進去。這家一八九三年開到現在的茶室還是那麼優雅，由兩個英國女子創立，當年男人的天下，聚集在酒吧，女士沒地方去，她們開了一個公共場所，讓大家來八卦，算是很前衛的，那時還是清光緒十九年，大家還纏着足，毛澤東剛剛出生。

晚飯，張嘉威約了船上遇到的兩名女子一齊吃，最好了，我告訴自己要把店裏的食物叫齊才甘心，這家在香港最貴的意大利餐廳 Da Domenico，羅馬的本店食物又如何？

前來的是公眾號稱「Justgo」和「雅麗的好物分享」兩人，能被公關公司看中邀請上郵輪的，都大有來頭，她們各自在網上撰稿，擁有大量的粉絲，都是以前寫作人做不到的事，也證明了只要有才華，都可以出人頭地，不必靠報紙雜誌等傳統媒體，更確實了天下再也沒有懷才不遇這回事。

當晚吃了幾個湯，鮮蜆意粉、醃肉寬麵、蜜瓜火腿、芝士煮火腿、燒煮雅枝竹，還有香港分店賣得最貴的魚等等，其他菜記不起了，甜品更是吃不盡，另外來瓶果樂葩和甜酒，埋單只是香港店不到一人份的價錢，酒醉飯飽地回去睡覺。

地址：Via di San Giovanni in Laterano, 134, Roma

電話：+39-06-7759-0225

十天的旅程，一下子結束，中午的飛機返港，要辦退稅手續，還是早一點到機場。從前，我嫌麻煩，買了東西簽信用卡，要退稅退到信用卡公司好了，當今已沒有這種服務，是非常非常不方便的，意大利旅遊局有甚麼好對策呢？期待期待。

意大利之旅——利維亞拉

僱了一輛司機轎車，由米蘭向西走到都靈。

因為這是一個遊客不到的城市，引起興趣繞道去觀光。

一路上看到曠闊的原野和遠處的山脈，與瑞士邊界間的阿爾卑斯山之高峰 Matterhorn 出現在眼前。

認識都靈，是她近年來積極地辦影展，數次來邀請香港電影界參加。其實都靈是意大利的重工業中心，霞飛汽車原產地。她有個汽車博物館，第一架從北京競賽到巴黎的優勝霞飛車在此展出。

城市的法國味道很重，比起米蘭，她有更多的古建築物，非常壯觀。但是可惡的德國人和日本人，專在這裏賣汽車廣告，到處屋頂上可以看到賓士和日產的大招牌。

在一家五星旅館下榻，櫃台管理員木口木面，走進房間，小得可憐，又沒有浴缸，花灑處很狹，胖子擠不進去，這五星是怎麼訂的？

放好行李到市中心的羅馬廣場，名牌店雖林立，已無購物慾望，坐在路口咖啡室看本地人走過，意大利女人十四五歲，美麗，一過十八歲多發胖。坐了一會兒便回酒店，怕看多了變成髒老頭。意外收穫，是看不到一個日本人。

司機帶我們到山上的一家別墅吃晚餐，它被一個私家小森林包圍着，環境美得不得了，住在這裏一定長命，別墅花園正在舉行婚禮，新娘一走出來，嚇得我們一跳，看起來是個近五十歲的老娘。

第二天清晨六點起來。星期日菜市場關門，沒地方好去，正在徘徊，遇到那個木口木面的酒店管理員趕來上班，不管三七二十一地拉他去附近酒吧。他要杯咖啡，我來瓶啤酒後搶着付了賬。

才十幾塊港幣，這個人好像欠了我的一生一世的人情債，拼命地和我交談，臉上充滿笑容，冰一溶開，意大利人是好客的，是熱情的。我們出發之前他還親自幫忙提行李，又趕進櫃枱拿出幾本酒店的宣傳小冊，要我們再來。最後擁抱一番才放我們上路。這家爛五星酒店，有了他，印象好像不太壞。

由都靈南下，直奔意大利利維亞拉。一般遊客只知道有法國利維亞拉，像尼斯和康城等城市，意大利的海灘在地理上是一線牽的，故不遜色。

先到日諾亞（Genoa）看看，哥倫布是最出名的日諾亞人，市中有他的一個巨大的銅像。日諾亞也是意大利最重要的港口，但是最吸引我們去的是，馬克吐溫在他書上說日諾亞的女人，是意大利最漂亮的。

胡說八道，我們兜了好幾圈，看不見一個美人。

美食倒是有的，一家沿海的小餐廳叫「貝爾的老客棧（Antica Osteria Del Bai）」，其貌不揚，但一走進去，佈置得一塵不染，高貴典雅。架上各種 Grappa 玻璃瓶，每瓶樣式不同，令人愛不釋手，想買回去，怕打爛，算了。魚蝦蟹都可口，尤其是地中海龍蝦，樣子介乎香港龍蝦和大型瀨尿蝦之間，是吃過的龍蝦之中最鮮美的。

經一條又彎又曲的海邊小路，抵達良港（Portofino），這裏有旅程中最豪華的旅館 Splendido。臨海靠山一走進去就看到大堂中掛着無數的皇親國戚照片，大明星如奇勒·加寶、堪富利士·保加、加利·古柏、格麗絲·凱莉都簽名留念。

每間房間各有陽台，由窗口望去都是有風景的 room with a view。房中的古董傢俬和鏡台裏藏着最新技術的電話電傳機。一按鈕，鏡台裏的電視機升高。浴缸是巨型的耶庫齊噴泉，高級享受應有盡有。

酒店的山丘小道上建着各個角度的瞭望亭看海，最大那個是燭光餐廳。魚子醬、醇酒、吃不盡的牛羊魚蝦，可惜都是些上了年紀的客人。這世界很公平，年輕刻苦，老了享受；年紀太輕，也沒心情欣賞這裏鮮紅的夕陽。

出發去維羅納（Verona），這個讓莎士比亞歌頌無數次的城市，怎能錯過？

走到山頂上的城堡餐廳望下，彎曲的阿迪傑河穿過玫瑰紅的古建築物，城裏的屋子都是以當地出產的粉紅色大理石鋪面的，不被近代文明污染，時光倒流。

大批的遊客手拿着地圖，沿着 Via Cappell 走去，少女居多，她們在追尋茱麗葉的住屋，路邊掛着一個茱麗葉餐廳的招牌，很煞風景，但走入深深的庭院，我們看到了那個陽台。

這就是羅密歐求愛的地方，但是茱麗葉不在陽台上，她被鑄為一尊銅像，立於院子內。

啊，可恨的遊客，摟着銅像拍照。茱麗葉的右邊胸部被磨得發光。一個面貌猥瑣的亞洲人毫不客氣地撥開人群，跳上銅像，以他矮小的身體依偎着茱麗葉，用右手拼命揉捏着她的乳房，叫他的同伴替他拍照，我不禁狂怒，用粗口呼喝一聲，其他遊客都叫好，這傢伙才乖乖地爬下來。

要是夠財夠勢，一定叫意大利政府把銅像搬上陽台，不被這些禽獸遊客蹂躪，才能消此心頭大恨。

快樂的水

吃意大利菜時，別人白酒餐酒紅酒，我卻獨愛飲一種叫 Grappa 的烈酒，整頓飯從頭到尾，喝個不停。

「那是一種餐後酒呀。」守吃飯規則的人說。

我才不管那麼多，自己喜歡就是。三杯下肚，人就快活了起來。Grappa 不像白蘭地、威士忌，至今還沒有中文名，我把它音譯為「果樂葩」，又叫它「快樂的水」。

寫過一篇關於此酒的專欄，接到一位意大利小姐 Renza 的電話，她通過「義生洋行」找到我，說一口標準的國語，想約見面。

我也好奇。遇到時她說：「我代表一家叫 Alexander 的公司，這個叫 Bottega 的家族專做 Grappa，我很喜歡你翻譯的名字，向我的老闆山度士說了，他派我來邀請你到我們的酒莊。」

原來此姝在北京留過學，當今負責該公司的外交工作，我向她說：「啊，Alexander Grappa，我知道，玻璃瓶中有一串玻璃葡萄，是不是？」

這酒廠的產品在國際機場中的免稅店出售，瓶中的花樣，除了葡萄之外還有種種的造型，像藝術品，讓人留下深刻的印象。

「你開朗的個性和山度士很相像，你們會一見如故的。」她說。

剛好，我有一個旅行團到龐馬區吃火腿和芝士，就順道到 Bottega 酒莊一遊。我們兩人見面，果然如她所說。意大利人熱情，像親兄弟一樣擁抱起來。

在一間露天的餐廳裏，山度士把酒一瓶又一瓶拿出來，加上永遠吃不完的食物，當天酒醉飯飽，山度士還不讓我們休息，帶去他的玻璃廠看看。

其實工廠和酒莊離開威尼斯很近，只有四十多公里，也承繼了威尼斯做玻璃的傳統，請了一批著名的 Murano 工匠在他的工廠大製 Alexander 瓶子。

以為把一串玻璃葡萄放入瓶中，是一件難事，看後才知奧妙，原來工匠先用燒紅的矽吹出一個個的小泡泡，像串葡萄，然後放進一個沒有底的酒瓶中，乘熱時連接在瓶壁，最後才封上瓶底，大功告成。雖說簡單，但一個瓶子從開始到完成，也得花四十五分鐘左右，都由人手製作，永不靠機器，所以每一串葡萄的形狀都不一樣。

工匠表演個興起，再把玻璃液沾上紅色，捏成一片片的花瓣，再組成一朵玫瑰，又連接在瓶中，眾人看了都拍掌稱好。

山度士這次又來到亞洲，帶了很多酒和飲食界的友人分享，沒有喝過的人問最基本的問題：「甚麼叫果樂葩？」

「一般人的印象，果樂葩是由廢物釀成。是的，的確是廢物，用的是葡萄的皮，大家都以為葡萄汁和葡萄肉最好，但我們知道，所有果實的皮，是最香的，而且不管是汁、是肉或是皮，混成製酒的葡萄漿（Marc），是一樣的，最後蒸餾出來的烈酒都相同，只是果樂葩全用皮，香味更重。」

「別的國家沒有果樂葩嗎？」有人問。

「意大利在一五七六年定下的法律，非常嚴格管制，只可以用意大利生產的葡萄，在意大利釀製，才可以叫果樂葩。」

「果樂葩有甚麼好？」香港人一向最關心的問題。

「啊。」山度士笑了：「第一，它是抗憂鬱的，喝一小杯，你就快樂，像蔡先生所說，是種快樂酒。第二，它能抗壞的膽固醇。第三，它防心臟病。第四，可預防膽結石。第五，它幫助消化。第六，一大杯果樂葩，比一小杯果汁的卡路里低許多。第七……」山度士滔滔不絕地講下去，我到他背上一按，他停了下來。

事前，山度士向我說：「我們意大利人一開口，就說個不停，你聽到我說多了，就在我背上一按好了。」

我們這次試過 Alexander 廠的大部份產品，先從汽酒開始，Prosecco 的和香檳相似，Moscato 的帶甜，是我上次到意大利時喝上癮的甜汽酒，酒精度只有六個巴仙。另一種粉紅色汽酒，山度士說所賺的錢，捐給乳癌基金。

接着進入果樂葩，Prosecco 和 Moscato 味，以及藏入燒焦木桶的 Fume 果樂葩，酒精度在三十八巴仙。大家都發現這是一種非常適合中國人喝的酒，強度有如中國白酒，香味更濃，而且，喝醉了，不會像白酒那樣，臭個三天。

「還是沒有白酒厲害。」有些人說。

山度士又再拿出一瓶白金牌，叫 Alexander Platinum，酒精度六十巴仙，問你厲不厲害。我們逐一試去，最後結論是酒精度越強的果樂葩越好喝。

也非一味是烈，山度士說果樂葩很好玩，可剝意大利檸檬的皮，做為檸檬酒，製造檸檬雪糕和沙葩最佳，名叫 Limoncino。另一種 Gianduia，用榛子漿和朱古力製成，為做蛋糕的好材料。Fior Dilatte 則為白朱古力酒，而 Rosolio 有濃厚的玫瑰味。

最後，山度士拿出一瓶香水，原來只是把果樂葩放進精製的香水瓶裏，往身上一噴，說：「和女朋友幽會，回家前撒一撒，可以消除女人的體香。」

大家都笑個不停，這笑話並非佳作，那是果樂葩的效應。

匆匆忙走一趟

人生樂事，莫過於夏天到岡山採水蜜桃，秋天去阿士堤摘葡萄。今年受友人邀請，去了意大利另一個產葡萄的地區，靠近威尼斯。

和山度士已有數十年之交，看着他從小生意，到他當今年產數百萬瓶的意大利酒，甚為欣慰。我們每年都見一兩次，他是一個很勤力外銷的商人，常來香港。

Bottega 酒莊大家也許有些印象，他們用高級包裝，把被認為廉價的葡萄皮酒 Grappa 提升到另一層次，各位在免稅店中看到琉璃瓶中有艘帆船，或一朵玫瑰花的，都是山度士家的產品。

說了很多年，在豐收時去他的酒莊的，這次終於實現。我們從米蘭下機，直接驅車到酒莊附近的一座叫白蘭度 Brando 的古堡，當今已改裝成酒店，休息了一宵。看到古堡名字，想起也許馬龍白蘭度是意大利後裔。

吃的都是當地採的蔬菜，當然也有各種肉類，特點在於內臟，這地方早年很窮，農民當然甚麼都吃，就產生了美食了，各個部位做得出神入化，西方人不懂得吃內臟只是一個傳說。當然配上各種不同的酒，由酒莊奉送。

翌日就去參加酒莊的派對，本來說好在酒莊的草地上野餐的，但受天氣影響，改在餐廳進行，食物應有盡有，要多飽有多飽，飯後回一家由修道院改裝的酒店睡一個午覺，已經消除了時差。

傍晚這個派對可很隆重，請了不少藝人扮成古代人物，又有樂團和流行音樂隊伍。一聲號令，客人分成隊伍，手提鐵桶和剪刀奔向葡萄園，大剪特剪，收穫最多葡萄的勝出，但不能亂採別人的品種，一定要認清自己葡萄，否則作廢，獎品當然也是酒了。

收集到的葡萄倒入一個巨桶，少女們都紛紛脫掉絲襪，捲起裙子跑到裏面去踩踏，甜蜜的葡萄汁大量流出來，女人雖然貌美，但是到底不去喝它。

派對一直開到深夜，明天一早還要出發，就不去鬧了，我們要趕路去意大利美食之都 Modena。

提到 Modena，大家便會想起 Osteria Francescana 了，這家被美食節目拍了又拍的餐廳，其實是很擺架子的，吃了大廚的菜後又要被迫去看他收藏的所謂藝術品，都是一些莫名其妙的現代雕塑，只有他一個人會欣賞，又要被他強迫去買古董黑醋，一小瓶幾千幾百歐元。

錢是另一個問題，主要是這些三星餐廳一吃三四個小時，菜式很多，又沒有多少道會留下印象，客人是去朝貢多過去被服侍。我寧願去另一家叫 Strada Facendo 的，包君滿意。

這是在公路旁一家家庭式的餐廳，走進樹蔭下的門口，大廚 Emilio Barbieri 和他太太親自歡迎，態度親切，戰戰兢兢地招呼我們，絕對沒有甚麼世界名廚的自傲，要吃甚麼？和他商量好了。

用了要趕時間、希望兩個小時內吃完的絕招，我們這餐飯不會很長。結果又前菜，又主菜又意粉又米飯，又各種酒，每一道菜都有特點，問到那種像個指甲般的迷你雲吞怎麼做，大廚即刻把原料拿出來示範給我們看，又上了一課，埋單，便宜得發笑。

結果這一餐吃了三個小時，是我們情願的，是我們要求多幾道菜試的，不是等待拖時間的。到歐洲的所謂名餐廳，不這麼吃，對不起自己，我認為走一趟，要是能吃到兩餐舒服又美味的，已經夠本，不能太過奢求。

地址：Via Emilia Ovest 622, 41123, Modena, , Italy

電話：+39-059-334478

網址：http://www.ristorantestradafacendo.it/

折回米蘭，大家去買名牌時裝時，我們擠到新開的大型食物總匯 Eataly，這家人在美國發迹後開回本土，是個意大利食品的宮殿，要甚麼有甚麼，值得朝拜，買了一隻大火腿，抬到巴黎送友人。

這次去，有個主要目的：吃越南河粉。世界上的河粉，越南本身並不突出，吃河粉而迷上的人可以組織一個聯合國，都公認是墨爾本的「勇記」最好，再下來便是巴黎了，當今越南河粉成為一股很強烈的美食力量，巴黎十三區數十米，其中Pho13, Pho14, Song Huong 較為突出，最好的是 Ngoc Xuyen Saigon。

地址：4 rue Cailaux, 75013 Paris, France

電話：+33-1-44-24-14-3

網址：http://ngocxuyensaigon.com/

最後，去了 Pierre Gagnaire 吃一頓，就開在巴樂扎克酒店裏面。法國廚子，我最佩服的當然是元老的保羅．包古期和這位仁兄了，從拍「料理的鐵人」時認識到現在，每一次嘗他的手勢，都有驚喜。

地址：6 rue Balzac,75008 Paris, France

電話：+33-1-58-36-12-50

網址：http://www.pierre-gagnaire.com/

重訪紅磨坊

電影的影響真大。小時看尊．休斯頓拍的《紅磨坊》（Moulin Rouge）（1952），就一直想去看這個著名的巴黎音樂廳。年輕時到過，剛剛是歌手兼演員的伊夫．業丹在那裏演唱，畢生難忘。

後來「紅磨坊」代表了老土，專騙遊客的地方，大家走過，但不會走進去。近年又重拍電影，捲起一陣熱潮，將生命重注入。我組織了一個法國南部普羅旺斯的旅行團，終點在巴黎。有些團友要求我帶他們去。老大不願意，但也跟着重訪。

正確地址是 82, Boulevard de Clichy, 75018，個人去可以請酒店的禮賓部為你訂座，每晚分兩場表演，九點和十一點。

到那裏吃飯的話七點鐘入場，最貴的餐要二百一十五個歐羅，包括半瓶香檳，由名廚 Laurent Tarridec 主持，東西也不太難吃。一般遊客只看表演，喝喝酒算數，門票減半。

一面吃飯一面聽男女歌手唱歌，不是甚麼一流人物，聽得觀眾昏昏入睡，尤其是有時差作怪，在光輝的日子，Edith Piaf、Maurice Chevalier、Jean Cabih 都表演過，連美國的名歌星也請來，像 Elton John、Liza Minnelli 和 Frank Sinatra。

歌舞廳是一個長方形的建築，舞台在中間，今天看來已殘舊，當然囉，它在一八八九年創立，稱之為第一座女人皇宮，已有一百多年的歷史了。

一張張的桌子圍着舞台，背後的座位是高疊上去的，從前的客人穿着晚禮服前來欣賞，當今雖然不必穿晚裝、打領帶，但也不歡迎穿牛仔褲和波鞋的，這也許是法國人對美國文化的微弱抗議吧。

燈光一暗，表演開始，一百個舞蹈者穿着各式各樣的衣服，戴滿羽毛，這一場一連一小時四十五分的 show，他們將換上一千套服裝，但觀眾的眼光集中的是那幾個裸着胸的舞孃。

也不是每個女的都有資格，並非看她們的胸部是否大小，台柱們只有十多二十個，後面陪襯的要拿奶奶出來導演也不許。

最初出現，一兩桌美國大漢吹哨子，做貓叫，看多了發現原來並不色情，這些怪聲也慢慢消失了。

一場場的佈景和服裝不斷更變，他們穿插了一些雜技和魔術。當然是拉斯維加斯的水準，也沒有中國雜技團那麼精彩。

較為有趣的一場口語術表演。通常這些藝人是抱着一個木頭傀儡，用手插進它的肚子伸到頭部，一張一閉配合嘴形，一個人講兩個人的話，不開口也能發音。這次的口語術師比較聰明，用的是一隻狗。這隻寵物也給他訓練的沒有表情，待表演完畢放牠在地上走進後台，觀眾才知道牠是一隻活生生的狗。

多場歌舞之中一定穿插些東方色彩。十九世紀末期日本的版畫被法國的藝術界發現，捲起一陣日本熱，殘缺的畫家 Toulouse-Lautrec 留連於「紅磨坊」，用版畫技巧為它畫了不少廣告，當今已變為國寶。

舞孃們穿的服裝和表演的各種姿態，又是日本又是中國又是泰國和印度，是從前的西洋人眼中的東方，我們看起來不倫不類。據説在興盛時期還把大象和老虎搬上舞台，現在當然沒有這種製作費了。

代之的動物是十幾隻小型的馬匹，像拿破崙狗那麼大，由裸胸的舞孃牽出來團團亂走，沒看過這種迷你馬的人覺得新奇，注意動物多過看人。

這一類食古不化的表演，和日本的寶塚歌舞團差不多，正當覺得沒有看頭又要睡覺時，來了一場獻奉處女給神明的戲。一百個人在載歌載舞，中央的舞台慢慢升起，是現代化的塑膠透明水箱，一千平方呎左右，奇大無比。水箱中還有十幾條巨蟒浮游，起初還以為是道具，後來一看蠕蠕動着，是極為危險的動物。

一下子，表演者把那個處女扔進了水箱之中，群蛇衝前，觀眾驚叫之餘，原來是一場人與蛇的舞蹈。那個幾乎全裸的舞孃像在水中與大蛇做愛，是全場的高潮之一，讓大家看得值回票價。

壓軸的當然是肯肯舞，肯肯舞本來是妓院中的表演，裙內不穿東西，正式搬來給一般觀眾看的，發祥於「紅磨坊」。那一大群女人高舉裙子，擺動大腿又叫又跳，當今覺得沒甚麼看頭，從前的人見到內衣底褲，已經谷精上腦了，最後所有舞孃都一字馬地重重摔在舞台上，據說這是妓女們難度最高的一招，真的不能想像，顧客不折斷才怪。

整個歌舞廳可以坐八百五十個客人，有三分之二是東方面孔，歌手在唱法國小調和美國歌時，攙了一首當年坂本九的日本流行歌，曲名為《望着天空向前走》，美國人嫌歌名太長難記，改叫為《Sukiyaki》。歌手叫觀眾鼓掌一齊唱，但台下一點反應也沒有，去「紅磨坊」的，已經都是大陸遊客了。

松露菌和奄姆列

彼得梅益（Peter Mayle）的新書《法國課》（French Lesson）中，還有一篇叫《為了一些我們將接受的東西》（For What We are About to Receive）專談黑松露菌和奄姆列，甚為有趣。字彙用得幽默，還是讀原文好，但為方便中文讀者，只用我自己的方式簡譯，節錄如下：

法國到處都有教堂、修道院和尼姑庵；新的舊的，大大小小。但是，大多數都沒人去，根據一個調查：法國人星期天去做禮拜的，不足十個巴仙。

「真正的法國宗教。」我的法國友人花里顧說：「是食物。當然，也包括了酒。」

矮子，不過五呎高的花里顧，是不允許別人和他爭論，他的理論，也一定是對的。他繼續說：「我們崇拜我們的肚子。我們的傳教士是我們的廚子。我們寧願坐下來吃，也不願意跪着祈禱。」

他說完以挑戰性的目光瞪着我，我曾經和他辯論過足球的問題，至今他還記得，從來沒有原諒過我，當我是一個滋事的搗蛋分子。

在這個例子中，我完全同意他的看法，在法國，坐滿人的地方的確不是教堂，而是餐廳。

「你講得對。」我說。

「那是為甚麼呢？」他說完把頭歪向一邊，很耐心地點點頭，像一個教授在誘導他的學生一樣：「你怎麼解釋？這到底是有甚麼原因？」

「首先，法國東西好吃呀！」

「呸！」他作發瘋狀，舉起雙手：「為甚麼我要浪費時間在你這種侏儒民族上？」

說到侏儒，他的身材更像，但我不介意的：「事實上，我這個禮拜天會上教堂。」

「你？」他的一邊眉頭差點翹出面孔。

我溜了出來，每一年一月的中旬，有一個黑松露菌節 La Messe Des Truffes，正確地址是 La Mairie, 84600, Richcrenches。

儀式是在當地的教堂舉行的，最主要的是在彌撒過後，大家會被邀請去吃一頓黑松露菌奄姆列午餐。

如果要找到位子，當地人說可得要一早七點鐘就去排隊，我當然不會放過。還有，他們說：「你必須要自己也帶一個黑松露菌去。」

「帶去幹甚麼？」我問。

「去了你就知道的。」他們也不多解釋。

教堂裏已擠滿了人。一走進去，就聞到一陣很濃厚的黑松露菌味道，這也許是發自我們每一個人帶去的吧。

神枱上擺着六粒黑色的寶貝，我從來沒有看過那麼大的黑松露菌，用刷子擦得一塵不染，像珠寶一樣地閃亮。

我馬上聽到一大陣卡卡嚓嚓的相機快門聲，和閃不盡的光線。還有一個電視台拍攝隊，把過程記錄下來。

感覺到的是，今天的主角是黑松露菌，絕對不是上帝或耶穌。

詩歌和誦經完畢後，有一陣騷動，是傳來了一個收集捐款的籃子，每一個教堂都有這種慣例，但是這裏要求大家募捐的，是我們帶來的松露菌。

我看到身邊的老饕們，個個小心翼翼地打開錫紙，聞一聞心愛的那一顆，包好，放進籃子，我也照辦了。

為了要大家多捐一點，這時合唱團的孩子們大聲歌唱：「給我們黑松露菌吧！很多的黑松露菌！」

這不是貪心的表現，越多的菌，給教堂帶來越多的經費，這些黑松露菌將被拍賣，得到的錢用來做善事。

眾人紛紛議論，說今年的「捐菌」數量不足，一共只有三公斤，比去年的七公斤少了一半以上，是個大災難。

拍賣官把左右兩邊的鬍子往上翹地刷了一下，帶着蘇富比職員的那份尊嚴。

「今年夏天下的雨不多，影響到黑松露菌，你們知道，價錢不菲。」他說完聳聳肩：「但是，各位要是節省一點酒錢，也不成問題。」

把第一粒菌拿在手上，底價是九百法郎，有人伸上一隻手。

「甚麼？只賣那麼寒酸的九百法郎？」拍賣官的表情非常之不屑：「這個大菌有二百二十克重，一點灰塵也沒有，即刻可以拿去炒奄姆列！」

另一隻手懦懦地舉上，不夠呀！拍賣官拿出了連蘇富比最佳賣手也羨慕的秘密武器：「你們這些罪人，你們想得救嗎？來呀，多出一點錢！」

結果以一千五百法郎成交。

拍賣官繼續以上帝的名義，和黑松露菌有多好吃的秘方來引誘群眾，當天得到的捐款是兩萬四千七百法郎。他還不罷休，看到那個裝着黑松露菌的空籃子，大聲叫出：「這個籃子，也經過上帝祝福的。」

最後，連籃子也賣了，加了一千法郎。

拍賣完畢，可以去吃奄姆列了。

* * *

午餐在 Richerenches 的鄉公所舉行，我從來沒看過一群人那麼高速地趕到，在混亂之中，佔好自己的座位。

我和同桌的幾位當地人握完手，也坐了下來。在這種集會，我慶幸自己是一個外國人，有好處的。酒會不停地加添給你，甚麼意見也要説給你聽，不管你願不願意，因為你會被視為對法國的認識不足，只有法國人才懂得教你怎麼做的笨蛋。

坐在我對面的法國佬教我，黑松露菌的學名叫 Tuber Melanosporum，又名「神聖的方塊」。身為英國人，怎麼懂得黑松露菌不能種植的？它喜歡長在甚麼地方就是甚麼地方，任何人工都控制不了它，那個法國佬解釋，好像他對造物，也親身負過一部分的責任。

我問他對於食物基因的改造，有甚麼看法？他的反應極大，即刻彈開，好像我污辱了他的祖母，或者更壞，我污辱了他喜歡的足球隊：「大自然是不好惹的。這都是那些穿白色制服的強盜想出來的鬼主意，目的是叫農夫每年花錢換不同的種子！」

看樣子，他會一直罵下去。幸虧奄姆列這時上桌，它熱騰騰，香噴噴，上面鋪滿大量的黑松露菌。

整個奄姆列發出黃色的光輝，是那種只有在野外放生的雞，所生的雞蛋的蛋黃才能有這種黃色，而只有大師傅的拋鍋，才能做出這種效果來。

我自己做的奄姆列，只是一種偽裝的炒蛋而已，從鍋移動到碟子那麼短的過程，已經支離破碎。我從來沒有學會做那種又肥、又潤、又飽滿、外層又柔軟的黃金包包來。

我問我旁邊的人：「你知道有甚麼秘訣嗎？要怎樣才能做出一個完美的奄姆列呢？」

眾人七嘴八舌，辯論了整頓午餐。這是我預料到的，問法國人關於食物，總不會有一個簡單明瞭的答案，時間大部份花在桌上的餐具，用來強調自己的觀點，讓它更戲劇化。

揮動餐刀，比搖食指更有滿足感。把酒杯重重地放下，沉重的響聲，比一個感嘆號更為強烈。移動胡椒罐、裝橄欖的碟子，甚至麵包屑，幫助說明複雜的理論給對面的愚人聽。今天的愚人，當然，就是我了。

離我最近的那個男人說：「做一個好的奄姆列，最重要的，是鍋子，一定要用鐵鑄的。」

「不不不不。」他身邊的女士說：「要用錫底的銅鍋才對。在任何情形之下，都比你的鐵鍋好！銅鍋用起來也更輕，錫底傳熱更穩定，奄姆列才會搓得均勻！」

她說完瞪着眼睛，一個一個看着同桌的人，像對鐵鍋的支持者作出致命的一擊。

我已經發現我在甚麼地方出了錯，我的奄姆列是用一個合金的易潔鍋做的。這鍋子是我在美國買的，因為我抗拒不了那個推銷員所說：「你買的是一個太空技術的產品，如果食物黏在鍋底，你來找我好了，我一分一毫退還給你！」

當然，這鍋子沒有黏過底，也沒有做過一個好的奄姆列，但我忍不住對這群專家們說：「我用的是易潔鍋，你們認為怎麼樣？」

鐵鍋先生和銅鍋女士拋棄了他們的互鬥，聯合起來，不謀而合地搖着頭，嘴巴發出嘖嘖的聲音，做出可憐對方的微笑：「不行，我的朋友，不行。」

午餐和奄姆列的課堂繼續進行：一個新的鍋子，一定要用油餵過兩三次，表面才會光滑。把雞蛋放進去之前，鍋一定要熱到滴水也會跳出。從此之後，那個鍋子絕對不可以洗，只能用紙來擦乾淨。這些基本理論，老師們是一致的。

更多不同的意見，更多搖晃餐刀，擺下酒杯和同情狀的搖頭，才踏入正題，教你怎麼做蛋。有些人說一個完美的奄姆列，需加一滴 Madeira 酒才能完成。另一個愛純樸的人說，不需要酒，鹽和胡椒，和一塊像一粒核桃那麼大的牛油，已經夠了。啊，別忘記，要等牛油完全溶化了，才加蛋！但是油不能出煙，出煙時雞蛋會變成棕色，更有焦味。還有，一定要用一支木製的匙子來劏動。

「胡說！」那女士大叫：「用一支叉就行！」

「原諒我這麼說。我用了木匙，已經用了二十五年！」

「是嗎？我用叉，用了三十年！」

我雖然把要點用餐紙記了下來，但是對這些教導還是感到混亂。從那烏煙瘴氣的鄉公所走了出來，呼吸了新鮮空氣，腦中記得的只是：太空科技比不上一個銅鍋！

在回家的途中，我不禁想起我的宗教信仰經驗，有好也有壞的，但是我從來沒有踏進過一個充滿人群的教堂，而且大家還保持很愉快的氣氛。我認為只有十個巴仙人群的法國教堂，要是有好東西吃的話，一定客滿。

幾天之後，我又遇到我的老友花里顧，把經過告訴他：「我只是順道去過而已！」

「啊。」他說：「你不覺得這是冥冥之中的安排嗎？」

「好像是吧。」

「我早就知道了。」他說：「你是被食物召喚去的！」

法國人的神明，就是食物和酒，我終於明白。

巴古斯的神殿

保羅·巴古斯（Paul Bocuse）說是法國當代的廚神，大概沒甚麼人會反對。他是第一個得米芝蓮三星的師傅，早在數十年前。

這個人還活着，也的確是個神話。在里昂的一個叫金山的地區河邊，有一家花花綠綠的餐廳，巴古斯的金色名字大大地掛在屋頂上，我們都笑說這是他的神殿。

還沒走進去之前，就可以在花園圍牆上看到無數的壁畫，敍述保羅的一生。餐廳的外牆上打開了一個窗口，保羅的畫像和真人一樣大，打開雙手，歡迎你的到來。

這是一座兩層樓的建築，永遠擠滿客人。從牆上的舊照片你可以看到皇親國戚的造訪，以及他們後來寄到的感謝狀，沒有一個大明星或歌手，來到了里昂會錯過在這裏進食的機會。

餐廳當然裝修得金碧輝煌，那種表現方法，在其他的地方同樣做出來，你就會感到俗不可耐。令到這裏的氣氛感人，是保羅．巴古斯的童真，他像一個小孩子蓋了一間玩具屋，想把一切最美好的，拿出來和大家分享。

世界上這些享有國際聲譽的餐廳不少，很多浪得虛名，吃過之後客人媽媽聲大罵。但是在保羅的這個家庭廚房中，你不會失望的，這麼多年來他做出那麼多道名菜，加上無數的甜品和芝士，來到保羅的神殿，你一定會抱着肚子滿意地走出來。

但是當神話已傳久了，總有些憤世嫉俗的所謂食家，大肆批評，說甚麼保羅那一套已經過時，簡直不堪一試，還是去吃分子料理較佳。

「過時？」保羅一向笑着說：「當然過時。好的東西，你硬說過時就過時，我不必和你爭辯。」

保羅已七老八老，餐廳的名字是他的，但他當然不親自下廚，這也成為所謂食家的批評。

「我不會自傲到要每一道菜都要親自做才說好。我煮的菜是祖母和媽媽傳給我的，甚麼人都會做。我年輕時也很少下廚，只要肯花心機，一定好吃。」保羅說。

今天，又重訪保羅的神殿，先上一個清湯，用蔬菜和雞鴨的內臟煮出來，上面鋪了一層麵包皮，在爐中焗得麵包發脹，熱騰騰地上桌，這完全符合喝湯要喝熱的道理。在這十一月尾的寒冷氣候下，感到特別溫暖。

接着的魚是煎了，鋪在闊麵條上面拿出來。後上的雞用布包裹，把松露菌藏在皮和肉之間焖熟。吃時淋上奶油，我免了，單吃雞和拌着上的白米飯。完美。

甜品架上有幾層朱古力和叫為馬可隆的糖餅任取，再來朱古力的千層糕，蛋白製成的球狀甜品，我只要了冰淇淋，是那麼軟滑香甜。

數不完的芝士，我向侍者要了味道最濃的，他也選了七八樣給我嚐嚐。

巴古斯本人忽然地出現，和藹地和我們每一人擁抱拍照，我想這也是他主要的工作吧？保羅説道，當今他下廚，只煮給里昂的水喉工人和木匠們吃，這些人才是不能得罪的。不過，後來我看到他站在廚房前，每一道菜都要他過眼，才拿得出來。

「十多年前我來拍電視節目，叫你燒一個蛋，你抓抓頭皮，結果還是燒了給我們，記得嗎？」我問。

多少個攝影隊都來拍過，保羅不可能記得，我只是當成話題和他聊天，今年他有八十幾了吧？神態有點懵懂，有顯然的老人癡呆症。

又有甚麼關係呢？看到他還健康地活着，也替他高興，保羅當今在里昂有好幾家分店，世界各大都市也開了無數間，這一生人，應該無憾。分店的水準並不一定達到食客的要求，但在這家神殿吃過，我們也無憾了。

吃完走出來，一個年輕人拿了一包東西給我，這個人也許是保羅的兒子或者公司的工作人員，笑着說：「保羅叫我拿給你的。」

打開來一看，是兩本英文書，一叫《Bocuse in Your Kitchen》，一叫《80 Recipes Brasseies Bocuse》，記錄了他的名菜，非常之詳細。

內頁簽了我的名字，我問年輕人：「他還記得呀？」

「有點慢了，」他說：「和你談完之後，回到辦公室，查了電腦資料，才想起的。他還說：誰會忘記叫我只燒一個蛋的人呢？」

從巴黎到里昂，乘火車只要兩個小時，巴黎往里昂的車站有間叫「藍火車」的餐廳，充滿普羅旺斯鄉村生活的壁畫，人生中值得一遊。坐上車，到了里昂，去巴古斯的神殿吃一餐吧，也許你會見到巴古斯本人。但我相信就算他走了，餐廳中還會見到他的影子。

地址：40 Quai de la Plage 69660 Collonges au Mont d’ Or Lyon,France

電話：33-04-72-42-90-90

網址：https://www.bocuse.fr/fr/

酒吧梵蒂岡

有如虔誠的天主教徒，一天，一定到梵蒂岡去朝聖；喜歡喝酒的人，要去的，是巴黎的「哈利的酒吧（Harry's Bar）」。

天下聞名的雞尾酒：Martini、Bloody Mary、Blue Lagoon、Sidecar、White Lady 都在這裏誕生的。

如果你是一個愛上酒吧的劉伶，那麼到巴黎去的時候，去喝一杯他們調製的馬天尼，已是一個巨大的收穫。

酒吧就在歌劇院的一條小橫街上，地址為：5, rue Daunou。要是你不會以法語發音，只要告訴的士司機，說要去 Sank Roo Doe Noo 好了，一定帶到。

自從一九一一年開業，哈利吧至今還是保存着那個老樣子，窄小又簡單的佈置，擺着各式各樣的酒。但是你一坐下，便能聯想到同一個座位，也許是文豪費慈哲羅、沙特和名演員瑪麗蓮．蒂特烈活等等數不清的歷史人物也曾經坐過的。

當然不單是虛榮，這裏調出來的雞尾酒最正宗，才是光顧哈利吧的目的。

留連於酒吧的人通常稱為「酒吧蒼蠅」，哈利吧的特色之一是掛在牆上的一面玻璃鏡，鏡中畫着兩隻戴高帽，穿踢躂舞鞋的蒼蠅。這是店主哈利在一九二四組織的一個國際飲酒協會的標幟，團結世上愛上酒吧之人。至今遍佈各地。全球有無數的酒吧參加。

哈利本人是位傳奇性的人物，做過間諜也不出奇，電影《第三個男人》中的冒險家，由奧遜．威爾斯扮演的哈利，也是由他得到的靈感。最好的朋友是海明威，在作品中數次地提及哈利和他的酒吧。名作曲家 Gershwin 也是在哈利吧作出「An American In Paris」的樂曲。

一九五八年，哈利悄然地逝世。酒吧接着由哈利的兒子和孫子經營，他們更在慕尼克、柏林、漢堡、日內瓦和蒙特利開了分店。但是在威尼斯的哈利吧和本店沒有直接關係，只得到哈利子孫的允許之下經營，現在全球各大城市都有冒牌哈利吧。主人家搖搖頭：「花一點腦筋，用你們本地名字去開店吧。要不然，至少也向我們打一聲招呼。」

在瑞士的哈利吧分店一花一木，都和巴黎本店佈置得一模一樣。威尼斯的哈利吧最近才去過、格式不同，而且兼做餐廳，好在食物夠水準，才不至於把哈利的名毀於一旦。當天到威尼斯哈利吧，碰上影展，矮子明星丹尼．蒂威陀和美女烏瑪．都曼，都是座上客。曾經吩咐侍者來幾種哈利吧的出名雞尾酒，但他拿出來的都是意大利式的果汁雞尾酒，所以到威尼斯哈利吧只能期待好東西吃，喝酒嘛，要到巴黎才行。

在巴黎哈利吧的「乾馬天尼（Dry Martini）」的原來配方是九成的佔酒，十分之一的乾華爾莫芙（Dry Vermouth）酒，倒進一個大杯中，加幾塊冰，用調酒棒搞一下，倒出，即喝。

這個「Dry」字，在中文不能以「乾」來解釋，Dry是一種苦澀味，也是一種空虛的感覺。總之，Vermouth 酒滲得越少，就是越Dry。哈利吧的酒保會教你一個秘方，那就是倒一百巴仙的氈酒進大杯，然後把冰塊用 Vermouth 洗一洗，Dry Martini 更Dry了。

不過，世上還有無上厲害的，那就是淨飲氈酒，用眼睛看一看架上的那瓶 Dry Vermouth，就是天下最Dry的Dry Martini。當然，這是笑話。

另一名牌雞尾酒「血腥瑪麗」的調法，是把冰放入量酒杯中，加三滴的辣椒仔

Tabasco，六滴的牛扒醬（絕對不能用牛頭牌，而非採取 Worcester 牌不可），一點鹽，一點胡椒，半個檸檬的汁，兩安士的蘇聯伏特加，再把上等新鮮番茄汁加滿，才算是一杯真正的「血腥瑪麗」。

許多朋友都有一個夢想，那就是有一天能夠在自己喜歡的地方開一間小酒吧。阻止他們開酒吧的最大原因，是老婆不同意，也可能是他們根本不能把一切放下。另外一個藉口是：我根本不懂得怎麼去開酒吧。

答案很簡單，只要買一本哈利吧出版的《Harry's ABC Of Mixing Cocktails》的小冊，讀完已能成為專家，書中不少教你如何調酒，也對於一個成功的酒保是如何訓練出來的，有詳細的指導。這本書不只天下的酒保必看，一般讀者讀了也有益處，因為哈利在教你調酒之前，先教你如何做人。

這次到哈利吧，有個奇妙的經驗，不能說是愉快。

喝了一輪酒之後，我以五百法郎埋單，酒保找給我幾十個法郎，我最多花百多法郎，數不對。抗議之後，他打開櫃台後的收銀機，拿出一疊鈔票，說都是兩百的，所以給他的那一張一定是兩百。我知道這是酒吧中最古老的騙局之一，酒保乘我沒注意把那張五百的收入袋中去，但死無對證，我是吵不贏他的。最後我只有一笑置之，他不知道給了我寫作的資料，激發我寫這篇東西的靈感。賺的稿費，何止於此？各位去，切記只用一百法郎一張的鈔票找數。

發誓下次光顧，開數瓶香檳，最後掏出巨款美金埋單，要是他找換不出，便留純金勞力士錶抵押，改回頭來贖。當然，那隻金勞，是台灣精製的。

柏林之旅

西歐諸國，我去得最少的是德意志。除了大學之府海德堡，在夏天有《學生王子》的歌劇之外，別的引不起我的興趣，不過乘這次冰島之旅，順道經過，在柏林打了一個圈子，住上三天。

對柏林的印象，來自Christopher Isherwood的《The Berlin Stories》，也已是戰前的故事。現代的柏林，最值得看的，當然是圍牆了。

到達之後就往那裏跑，我們的導遊是位知識分子，他說當年圍牆倒下，他是其中一分子，姑且聽之。站在已經被敲得不見踪影牆邊，只看到一小片留下來當紀念的，看了不禁唏噓。

原來，牆是那麼薄的！只有一本大城市電話簿的厚度，在恐怖政治手腕下，以為戒備森嚴，一定是銅牆鐵壁，哪知道一下子便被推倒。

在當年的閘口處，擺放着很多張民眾起義的照片，導遊指着其中之一，說：

「這就是我！」

看來有幾分像，一九八九年的民族英雄，當今只能當導遊，也不免為他難過。

最意想不到的，是我也遇到了一個老朋友，這個老朋友不是人，是一輛車。

在高台上擺着一輛汽車，像個盒子，天下再也找不到那麼難看的怪物，也是因為它過於醜，才會記得。

一九八五年，我去前南斯拉夫拍《龍兄虎弟》，乘空檔，跑去匈牙利找申相玉，沒有看到。在老友黃壽森的介紹之下，認識了年輕的畫家安東．蒙納。第一次見面，他就是駕了他父親的那輛車，就是眼前這架 Trabant 車，被暱稱為 Trabi。我們乘着它遊了整個匈牙利。

別小看它，這是東德的象徵，在物資缺乏的年代中，要買一輛也得等到老為止，所以一到手，大家都會很珍惜，一有毛病即刻維修，又因為機件和構造都簡單，通常這輛車可以用上二十八年左右。二手車的價錢，要比剛下地更貴，賣到其他共產圈國家，更是被當為寶。

城牆瓦解後，德國人更看重 Trabi，組織了甚麼俱樂部、非洲旅行團等等壯舉，更有它專用的博物館，把車子漆得五顏六色，或者學美國人的豪華版改裝成一部很長的轎車。

很高興這位老朋友沒有死去，成為了經典，永存不朽。

城牆看了一眼後，就應該走了，這段歷史還是不愉快的，不如看博物館。如果你對古物有興趣，那麼你來對了地方，柏林的博物館多得成群，建於海岸另一處，被稱為「博物館島」。

怎麼看都看不完的，來者必得有鮮明的目的，而我最想看的是一個頭像，三千三百年前埃及皇妃納拉菲蒂，保存得最為完整。

納拉菲蒂在埃及語是天女下凡，當今看來還是令人不能置信地美麗，如果你認為蒙娜麗莎是最美的，那麼你應該來柏林博物館看看納拉菲蒂。

頭像擺在博物館島中的「新」博物館 Neues Museum，除了她，還可以看到一個古希臘廣場，十分之宏偉，德國人想重現它來歌頌希特拉，但都失敗了。我們坐在那石階上發懷古之幽思，倒是一樁雅事。

再走進去，可以看到一座城牆，全用藍色的彩磚一塊塊砌出來。這只是一小部份，從整個建築的模型看來，當年走進來的人應該都看得呆了。

藝術氣息不能醫治肚子，從博物館出來，就到 Kadewe 去。未到柏林，沒有人不知道 Kadewe，它是 Kaufhaus Des Westens 的簡稱，西方百貨公司的意思。

說是百貨，其實萬貨齊備，座落於一古老的建築物中。老店於第二次大戰時遭到破壞，還有一架美國轟炸機在它的頂樓爆炸，差點夷為平地，在一九五〇年才重建，是柏林重要的地標之一。

我們對購物並無興趣，最想看的是它位於六樓的食物部。看《Food Journeys of a Life Time》那本書，世上最佳的食物宮殿，第一名是莫斯科的 Yeliseyfvsky，第二名就輪到柏林的 Kadewe 了。

到底有多大？加上七樓大餐廳，兩個足球場那麼大！裏面的食物應有盡有，各個角落設著名啤酒廠的酒吧兼小食部，愛好者圍着它要了一大杯啤酒，再到各處去尋找自己喜歡的香腸來下酒，德國人最好此物，種類多不勝數。

我們在每一個酒吧停下，叫一杯試試，之後再往前去，又試另一種酒，香腸已經吃到不能再吃了，這次去找芝士來填填胃的。

找到了最多種類的檔口，售貨女郎表情有點高傲，朋友和我問說有沒有這一種的？她聽了，知道識貨的來了，態度即刻轉佳，我們要了五六樣後，乾脆問她：「那你自己呢，喜歡甚麼？」

她切了一塊讓我們試，乖乖不得了，這是我們吃過的最美味芝士之一，即刻問明出處，是塊 Beppino Occelli，儲藏十二個月，用威士忌洗濯，顏色帶點粉紅，是仙人的食物！德國人不介紹自己國家的芝士，反而介紹意大利貨，是位可以尊重的食家，脫了帽子向她敬一個禮。

邂逅康橋

劍橋離開倫敦五十多英里，但是路上塞車，花上兩小時才能抵達。

整個區沒牛津那麼大，它不是一個學府的名字，全個城市都是大學，一共有三十一個學院、二十五間是沒畢業的學生讀的，其他六家供得到了學位的人進修。

一條河流貫穿着所有的建築，河上有許多橋樑。河的名字叫 Cam，橋的英文為 Bridge，加起來就是 Cambridge 了。

城中有兩家較為有水準的酒店，Clowne Plaza 是集團式的經營，河旁邊的 Garden Hotel 比較有個性，下榻於此，從陽台望出，看到有人撐艇。

放下行李，即刻跑到河邊散步，留下深刻印象的，是兩岸柳樹特別多。枝葉垂到河面，樹幹很粗壯，兩人合抱，從來沒有看到那麼大的柳樹。與東方的纖細，截然不同。

碼頭有很多小艇出租，叫為 Punt 的小艇很簡陋，是艘長方形的木船罷了。住墨爾本的時候，常經過一條 Punt Road，只知是船的意思，當今才看到原物。未來之前做過調查，說要看那些名學府，最好的辦法，就是乘 Punt 了。

河水混濁，有條不起眼的石橋，這就是詩人歌頌的康橋嗎？簡直只能用個醜字形容。

在租艇處買了票，一張十二英鎊，合兩百港幣左右。大清早去最佳，眾人尚未睡醒，本來坐滿十二個客才開船的，當今可以獨自享受，何況撐艇的船伕，還是位長髮美人。

一上船我就嘀咕：「人家威尼斯的黑漆漆，像塊鏡子照人，船頭設計又那麼漂亮。比起你們，意大利人還是比較有藝術細胞。」

船女沒生氣，笑着說：「從前，這些小艇都是載牛的。」

咦，是不是在罵人？

但是她的表情是友善的，解釋說：「舉辦大學，也是法國人開始，後來把那套搬到牛津。當年來了一場大瘟疫，才將大學遷移到康橋。最老的一間是 Peterhouse，建於一二八四年。我們前面的 Clare College，要到一三三八年才舉辦的。」

好傢伙，元朝甲申年間已有大學，我問：「Clare 是甚麼人？恕我無知。」

「Lady Elizabeth de Clare 很有錢，一個丈夫死後又嫁一個，到二十七歲那年已經神秘地死了三個，得到大筆的遺產。那時候的女人不可以唸大學，但是大學學府卻是一個交際花捐錢建的，真是諷刺。」船女說。

「你也是這裏的學生嗎？」

「再多一年就畢業了，撐船賺學費，這裏所有的大學，要到一九八八年才是男女共校。」

「那條橋為甚麼那麼像威尼斯的嘆息橋？」我問。

「學它建築的，不過經過那裏的人是被斬頭，我們的是去聽學，不知道是誰比較有文化。」她自豪地說。

另一條橋是木搭的。

船女繼續說：「完全是木頭鑲嵌出來，沒用一根釘，用力學計算，所以也叫算術橋，傳說由牛頓設計，後來學生們為了研究它的結構，把木頭拆開，但是鑲不回去，所以你會看到一些鐵皮包紮，其實這些都是編出來的故事而已。」

看了這兩座橋之後，康橋的印象逐漸轉佳。

「這倒是牛頓真正讀過的學院。」船女指着 Trinity College 說：「還有另一個出名的學生是詩人拜倫。拜倫調皮搗蛋，學院的規則不准養寵物，把動物的名稱都列了出來，就是沒寫灰熊，拜倫利用這個漏洞，在宿舍裏養了一隻大的來嚇教授，學校也拿他沒辦法。」

涼風吹來，柳枝撲面，橋樑的影子一道道為我遮陰。古今名人來去，劍橋依存。

「那邊是 Wren Library，圖書館裏藏了七萬五千冊古籍，莎士比亞戲劇的初版都可以在那裏找到。你有沒有看過 Winnie The Pooh 的漫畫？作者 A. A. Milne 的原稿都藏在那裏。」

「你每天帶同樣的客人，說同樣的故事，不覺得悶嗎？」我問。

這時對面停泊了一艘船，兩個女的裸着身曬太陽，男的還穿着晚禮服，可見是一晚不歸，宿醉未醒。大聲叫喊：「Trinity College 的學生，雞巴很小。」

「你們 St. Johns 的，要是夠大，拿出來看看！」這兩間大學的學生一直吵架，船女回答了我的問題：「每天遇到這種好笑的人物，怎麼會悶？」

「每年和牛津的划艇比賽，都在這條河上舉行的嗎？」

船女笑了：「不，大家都這麼以為，其實是在倫敦的泰晤士河比賽的，不過劍橋的學生們可以在這裏操練。」

說足一小時，但遊船河四十五分鐘就結束。

不夠喉，晚上再來。

夜裏的船伕，已不解釋各學院的來龍去脈，說的都是鬼故事，那麼古老的建築物中，有無限的幽靈可數，女伴嚇到依偎在你懷裏。

六月二十一日，是全年陽光最長的一天，各位要去劍橋的話最好選這個日子。當晚，等到十一點鐘才天黑，然後大放煙花，坐在艇上，火花從天而降，在頭頂上消失。這時，相信你向女伴做出任何要求，對方都會答應吧。

倫敦九龍城

九龍城，於香港有它獨特的地位，一談到美食就想起。街市裏的肉類和蔬菜都是最新鮮的，附近水果店入的貨最為高級，周圍食肆林立，能在這裏打響名堂，等於在少林寺打過木人巷，到香港任何地方去開店，也有把握。

各個大城市都有一個九龍城吧？倫敦的，叫「Borough Market」，很容易找，就在倫敦大橋的南端，酒店的服務台會給你明顯的指示。

自從十三世紀開始，英倫三島食物運來，在此地上岸，很自然地就變成一個街市了，這市場老得不能再老，當今你去，還保留着些昔日風貌。

一到了，各種食物就讓你眼花繚亂，最先引誘你的是一陣燒烤味，圓形的大鼎中，放着斬件的鴨肉，煎得香噴噴地。甚麼？英國人也吃鴨？不止鴨，任何肉類都有。要一份，用個紙盒裝着，試了一口，奇怪，一點也沒有想像中那麼硬。柔軟多汁的鴨肉，配上麵包，已是豐富的一餐。

像臭豆腐一樣，傳出異味的是那家叫 Neal's Yard Dairy，店裏從牆壁到架子，充滿了英國各地做的芝士，有的像貨車輪胎那麼大，有的小到似乒乓，浸在水中。

向店員要你喜歡的，牛或羊，軟或硬，他們就毫不吝嗇地切一片給你試味，吃到你不好意思不買為止。出了名的「臭教主（Stinking Bishop）」，和其他品牌一比，根本不那麼臭，天外有天。

推車小檔賣的是最合時宜的蔬菜和水果，目前是白蘆筍，一大束一大束，當造了價錢就不貴。藍莓也是，總之比香港便宜得多。

又有檔熟食，賣英國人喜歡的豬肉派。做個餅狀，把豬肉碎炒後填入，蓋上麵皮，就那麼焗出來。個子很大，一個包你吃飽。另有從前英國窮人的小吃鰻魚啫喱，當今野生鰻魚少了，也沒多少人會做，賣得像西班牙火腿那麼貴。

魚檔中，又看到全英國的海產，當今最肥的是我們叫為蟶子的剃刀貝 Razor Calm，半把尺那麼大。此物可以生吃，我上次來拍特輯時試過，經過的人看得嘩然。三文魚最多，我一向反對吃這種帶異味的魚，但那是挪威水產，和從蘇格蘭空運而來的一點也不同，只覺肥和甘美，一點怪味也沒有，這回旅行，吃了很多。

再走到市場深處，就是一些賣健康食物的檔，當今流行，亦有市場。我一點興趣也沒有，快步經過，見一賣麵包的，有個洗臉盆那麼大，表皮像花菰般裂開，英國友人說最香，這種填飽肚的東西，我也不多看一眼。

又聞香味，這次是家西班牙人來開的，專賣各式各樣的飯，數人合抱的大鍋，一個連接一個，幾種口味任選，裝入紙盒中一份份賣，可見米飯還是到處受歡迎的。

想要吃貴一點的，市場對面有家烤海鮮，炭架上擺滿蜆殼牌汽油牌子般的大貝，打開一半，裏面露出飽滿的肉和紅紅的蜆膏，也有很多人排隊。購入後會到裏面的酒吧，叫一大杯啤酒喝。啤酒是英國人不可缺少的飲品，瘋狂程度不遜從前殖民過的澳洲。

回到肉檔，有家專門賣野味，鹿肉最多，其次是野雞、雁子和肥鵝。把豬頭掛起來，還有各種豬內臟，昔時窮人都很會烹調，當今變成野味賣。

說到豬，城中最好的一家 St. John 餐廳，從頭吃到尾，但在這裏有另一家出色的，叫做「Roast」，由 Art Deco 式的建築改造，旁邊有個小電梯上去之後，發現陽光普照，整室落地窗，高樓頂的大廳中，酒吧佔了很大的部份，你可以毫無西餐般的拘束大吃大喝，所有的食材都由附近的檔口送來，當然最新鮮也最便宜。叫魚的客人不少，但絕大多數是來這裏吃他們的烤豬，皮脆啪啪，像我們的燒豬。

不在餐廳裏吃也行，這家人在門口擺了一個外賣檔，那條龍永遠是那麼長，是所有熟食檔中最受歡迎。

其實這是經營餐廳的最佳方法之一，先選了一個招牌菜為主角，食肆中吃也行，門口的外賣部一定要設立，擁擠的人群，加上食物的香味，是個活廣告。

飽飽，當然得找甜品，市場裏有家賣意大利冰淇淋，濃得黏底，店員要用很大的力氣才能挖出一粒球來，放在餅筒上，一筒賣十英鎊，合一百三十港幣，別說不貴。

便宜一點，可到另一家去買一份烤梨，把極甜的梨放入烤爐中焗出來，再加芝士漿，當成甜品或沙律吃都行，英國人繳稅繳窮了，就買這麼一客充飢。

任何市場，都賣鮮花，這裏不例外，各式玫瑰是英國特色，另外的芍藥，大概是從荷蘭輸入的吧？英國詩詞中芍藥或牡丹很少出現，還是水仙花多。雖說鮮花和食物沒有關係，但同樣浪漫。

如果你要去，那你記得開場時間，這裏一個星期只做三天，禮拜四從早上十一點到下午五點，星期五是十二點到六點，星期六最早，八時至五時。

地址：8, Southwark St., London, SE1 1TL

電話：+4420-7407-1002

郵址：info@boroughmarket.org.uk

去倫敦吧

還想去哪裏呢？馬丘比丘、伊瓜蘇瀑布都已到過，也沒那種體力去爬上爬下了。想去的地方，不是風景，第一件想到的只是吃吃喝喝。

到倫敦吧。甚麼？友人說，英國食物最差了，不如法國或意大利。這是大錯特錯，在倫敦的，當今甚麼美食都有，一家家去吃，一年後還有不同的餐廳。

黎明的飛機從機場到 Savoy 酒店下榻：衝進餐廳去吃個傳說的 Eggs Benedict（火腿蛋鬆餅），這是其他城市享受不到的美食，人生必食的早餐之一。

接着到 St. John 去吃豬肉，從頭吃到尾，任何部位都做得出色，別叫牛肉了。牛的話只能吃骨頭，他們做的牛骨髓是一流的。

不吃英國餐改吃印度餐吧，全球最好的印度餐廳不在印度，而是在倫敦，吃過 Talli Joe, Gymkhana 和 The Cinnamon Club 之後，你才知道為甚麼他們做得比印度更好。

飽了，就可以購物了，倫敦有你想到甚麼，就有甚麼東西的專門店，當今對我來說，是手杖。

而手杖店最古老最齊全的當然是 James Smith & Sons，這家人是賣雨傘起家的，當今還能在那裏買到最堅固耐用的雨傘，買一把就能用一生人，壞了會免費修理。倫敦霧多雨多，這種工具當然做得最精美，任何款式都有，一走進去可以欣賞一整天。

這家人賣的高貴手杖選擇最多，如果你想買一根銀製手把送給父母，不作他選。

古老手杖還有一家以古典手杖為店名的 Classic Canes，在 Jermyn Street，街口立着一尊 Beau Brummell 的銅像，他是十七世紀的一個公子哥兒，最會穿衣服了。這家店裏甚麼樣的手杖都齊全，分城市用的、鄉村用的、宴會用的，還有各種懷舊收藏用的古董貨物，看得令人眼花繚亂。

St James's Street Davidoff 不但賣雪茄，他們收藏的手杖也值得一看，別只是在櫥窗欣賞，走了進去，要是遇到店主 Edward Sahakian 的話，他介紹的更詳盡，不然他的手下也很會招呼客人。

手杖不是每位讀者都感興趣，還是談回吃好了，有甚麼好過去有皇家徽章的商店呢？Fortnum & Mason，這家老店一七〇七年創業，專賣茶葉和各類食品，你知道甚麼叫蘇格蘭蛋嗎？那是把一顆蛋煮熟後用臘腸肉包着，撒上麵包糠再炸出來的玩意兒，合不合自己的胃口是另外一回事，但總得吃這道經典名菜。可以在店裏的 Diamond Jubilee Tea Salon 叫來試試。

大家都説法國的芝士種類最多，最好吃，但是英國芝士也不輸給他們，當今被中國人叫為「博羅市場」的 Borough Market 裏就有多家 Heritage Cheese、The Ham and Cheese Company，Jumi Cheese 等等，甚麼樣的芝士都有。喜歡吃芝士的人會愛上臭的，就要找越臭越厲害，看到名字帶着臭的「臭教士（Stinking Bishop）」就買，其實沒那麼臭，名字嚇人而已。

有皇家徽章的芝士舖叫 Paxton & Whitfield，一七九七年創立，他們有個芝士學院的組織，讓愛芝士的人交換意見，如果你不會覺得不好意思的話，那麼走進店裏試吃好了，全部免費，有一種科斯嘉島的芝士，用母羊 ewe 奶做的，味道最特別了。

當然不只是吃，最值得一去再去的是大英博物館，是全球最古老的，陳列着六百萬件古物，多數是在英國最強盛的年代，由各殖民地搶奪回來，埃及的古物最多，其中有一座中國隋朝的佛像，公元五百八十五年做的。

國家畫廊當然不能錯過，但國家肖像畫廊更值得看，從各種人像中看到他們的髮型、服裝、衣帽和鞋子，學服裝設計的人應該至少在那裏浸淫幾個月。

基礎打好了，再去抽象好了，倫敦的TATE摩登美術館裏可以找到各類的現代美術品，值得看的還是十八世紀的便器，叫為「噴泉（Fountain）」，另外一幅叫「出浴（The Bath）」，也是十八世紀，還有「羅丹的一吻（The Kiss）」都是當年的摩登。

其他博物院有TATE Britain、Natural History Museum、Science Museum 等等，但是非去不可的是大英圖書館，去了之後，其他圖書館都不必看了。

喜歡歌劇的人一定要去West End，去那裏還可以看到《歌聲魅影》（Phantom of the Opera）的演出，雖然它已在世界各國巡迴表演，但最尖端的原班人馬還是要在倫敦看。在網上預購門票好了，也不貴，普通座位每張只要二十六英鎊。

《Les Misérables》還在上，《Chicago》也是，美國的《42nd Street》搬到

倫敦來，如果你還是米高積遜的迷，那麼別錯過《Thriller-Live》，另有一齣永恒的，一表演就表演了六十年，沒有停過的阿嘉達·克麗斯汀的《老鼠陷阱》（The Mousetrap）百看不厭。

去倫敦吧！

威士忌之旅

老遠地跑到蘇格蘭去，看些甚麼？

首先，我們要明白，英國在地理上並非一個陽光燦爛的地方，印象中總是陰暗、濃霧、多雨，和意大利人的熱情截然不同。那麼，蘇格蘭和英格蘭一比，更是窮鄉僻壤，土地貧瘠，蔬菜種不好一根，大多數的日子處於嚴寒，人民在這裏生活，並非易事。

但性格上，蘇格蘭人是較英格蘭人純樸、堅定。強烈的民族性令他們釀出強烈的酒，加上高原的清泉，蘇格蘭威士忌迷倒眾生，如果你是個酒鬼，不管你在哪裏出生，喝慣任何佳釀，到了最後，總要回到蘇格蘭的單麥芽威士忌的懷抱。我們這次要經驗的，就是這種威士忌之旅。

午夜從赤鱲角出發，乘的是維珍航空，只分兩個級數，豪華商務客位叫 Upper Class，經濟艙不叫 Lower Class，乾脆說沒有級數，有些人譏笑為 No Class，不太應該。

空姐們年輕活潑，這條往倫敦和香港的航線上，用的也有七成以上的香港女仔，比其他公司的人數還高。問工作情況，回答道老闆布朗遜愛玩，也沒有多少嚴厲的規則來管束她們，是輕鬆愉快的。

維珍是第一家用魚骨形座位的公司，面積較為寬闊。要睡覺時可得叫空姐來鋪床，把掣一拉，可以平臥，加上張厚被，大中小的睡衣任拿，旅途是舒服的。一睡到天明，清晨飛抵倫敦，十一小時，轉機再花一個鐘，到達目的地蘇格蘭首都愛丁堡，是早上十點鐘左右。

機場離市中心只有九英里，一點也不遠，酒店還沒有準備好，離中飯還有時間，我們先在市內走一圈，分老區和新區，山上是著名的愛丁堡古堡，路容易認。

市標是一個尖塔，底階有一個像，紀念 Sir Walter Scott，他所著的《劫後英雄傳》、《Rob Roy》、《Lady of the Lake》等至今還流行，也都拍成電影。

路經一酒吧，以歹徒為名，他早上幫人製鎖，晚上偷着來開，這人物也被另一作家史蒂文遜當男主角，寫了名著《變形醫生》（Dr. Jekyell and Mr. Hyde）。他還有《Treasure Island》和《Kidnapped》等膾炙人口的小說。

愛丁堡是一個灰暗的城市，我們去的時候正是初夏，陽光普照，但也留下黑漆漆的印象，那是因為老建築物都以沙岩為外牆，發了霉菌後全變黑了，洗刷起來可得將國庫清倉，免了罷。

司機把我們載到全市最老的百貨公司「Jenners」，在一八三八年創立，有一百多年了，外牆也是那麼灰灰暗暗，裏面的東西更是老土。其實，在香港買慣的人，都會有此感覺，就算其他幾間賣最流行商品的也不會引起你的購買慾。但是我們來到蘇格蘭，就要找有特色的，像他們的羊毛線。Jenners有一牆壁，佈滿了各式各樣、大大小小的紡織材料，堪稱全球最為齊全，喜歡在家織毛線衣的人看到了一定大樂。

是時間吃午飯了，車子路經海岸，停泊了一艘船，是退休的皇家遊艇Britannia，當今成為觀光景點之一，也可以在裏面喝下午茶。

Fishers是碼頭上的一家海鮮餐廳，由一座燈塔改建，我們先吞一打蘇格蘭生蠔，不是季節並不肥，但鮮美無比，其中也有幾個飽滿的，味道可真不錯，不遜法國銅蠔，尤其是聽到生蠔來自Shetland，是蘇美璐住的小島，更加親切。接下來的海鮮是煎帶子、蒸三文魚，最後燒的一大塊羊肉，軟熟無比。

侍者是地道的蘇格蘭女郎，身材高大，樣子端莊，英國人形容為 handsome，不是英俊之意，而是這類令人入迷的典型英國女子。我很想和她拍一張照片留念，但又老又醜的老闆娘拼命擠進前來合照，無奈何，放大後把她 cut 好了。

Fishers 有三家，這間最正宗。

地址：1, Shore, Leith, Edinburgh EH660W

電話：0131-554-5666

酒醉飯飽，返回酒店，途中看到山坡，一片黃花，一般山的顏色多土，或長綠草樹木，開滿花的不多，問名字，叫荊豆 Gorse，有刺，很粗生，檜屬植物。

海旁是一座三百年歷史的 Prestonfield House，為昔時貴族住所，當今賣給一個餐飲業的 James Thomson，此君親自來迎，我們是好顧客嘛，二十四間客房全部給我們包下。

沒有機會在蘇格蘭人家做客，住住這裏也行，紅天鵝絨的牆布上掛滿了老家族的藏畫，雖然不是甚麼名家之作，但拿到古董市場去還是值錢的。大家在讚美此酒店時，我倒覺得像一間古老的妓院，如果拍此類電影，不必搭佈景。

好幾個偏廳，都有壁爐，木柴由周圍的林木中取來，蔬菜水果也是。天井很高，佈着浮雕，一流的浴室用品，加上柔軟的高級絲絨床墊和布單，睡個好覺。

晚飯就在酒店裏的 Rhubarb 進食，喝甚麼酒好呢？詢問是否可以自帶，回答沒問題，就從房裏把那瓶酒店贈送，放在冰桶內的香檳拿來。啊，一看，有二十四瓶，大家所想的相同。

燭光下，水晶瓶的碰撞聲清脆，食物一道道上個不完，但已太過疲倦吃不了，還是早睡。明天，我們就要乘一輛叫 The Royal Scotsman 的火車，開始我們的威士忌之旅。

還沒上 The Royal Scotsman 火車之前，先來個儀式。接待人員帶我們到愛丁堡的購物街「黃金一里（The Golden Mile）」去，我找到一間叫「Kilt House」的店，專做蘇格蘭裙子，可在火車晚宴中穿。

男團友都有興趣，有的租，有的買。前者是全套的，包括鞋子，襪則是新品贈送。

各種顏色，又藍又綠的最為傳統，其實你愛穿甚麼就是甚麼，也有些像夜禮服的全黑，我選了一條棗紅的。

「裙子裏穿不穿底褲？」這當然是眾人第一個入腦的問題，答案是從前不穿，當今都穿。

「不穿的話，裙子被風吹起怎麼辦？」是第二個問題。原來還有一個銀包，各式各樣，有的賣得比柏金皮包更貴。這個銀包很重，纏在腰間，墜在生殖器上面，這麼一來，就不怕了，整套的租金約一千塊港幣。

長襪中還要藏一把小劍，用來割開蘇格蘭名食 Haggis，有關此物，請待後述。

黃金一里有很多商品，都是些香港人認為不起眼的貨物，但有家店可以推薦，那就是茄士咩的專門店 Johnstons，連戴安娜王妃也來光顧，質量很高。和意大利名牌一比，便宜得很，一件可以買三件，我喜歡的是圓領的羊毛衫，紫色系列的，要了淺、中、深，穿起來單調裏起變化，才好玩。

中飯在附近的「Bhbh Prais」，地方小得不能再小，又是地下室，但世界上每個電視飲食節目都要來拍。我發現許多美國的好餐廳都有這種簡單的白牆黑招牌裝修，今後選擇也可依此定律，很少出錯。

招牌菜是 Haggis，做學生時讀過 Robert Burns 的詩：Address To A Haggis，一直不知道是甚麼東西，現在根據老蘇格蘭人的解釋：

Haggis 是一道食物，把羊的內臟：心、肝、等剁碎，和洋蔥、麥片、板油、香料和鹽，加入高湯之後，把全部食材塞進羊胃裏，蒸三小時而成。

它也是另一種類的香腸，可以填進羊腸中，吃時配上Neeps & Tatties，是蕪菁甘鹽、黃蘿蔔和馬鈴薯的蘇格蘭語，正式的Haggis餐，要有一杯Dram，那就是威士忌！

總之，和潮州人的豬腸灌糯米異曲同工，我當然認為我們的比Haggis好吃，但蘇格蘭人絕不同意。

一客長形、小枕頭般大的Haggis蒸得熱騰騰上桌，我們正想舉起刀叉時，慢點，慢點，原來又有一個儀式，一名穿着整套蘇格蘭軍服、頭戴巨型貂毛火柴頭帽、手提着風笛，又吹又奏的光頭大漢走了進來，數曲之後，唸完Burns的詩句，才可以正式開始。

大漢拿出刀劍，把Haggis割開，但不能吃，這只是表演用的。廚房裏把一份份的先煎它一煎，分給大家。有些人以為有了羊內臟，怕怕。但吃進去，才知沒甚麼異味，滿口糊而已，並非值得甚麼大驚小怪的事。我最欣賞的，倒是那杯Dram。

問店主，Haggis裏面的東西，一定是那幾樣嗎？回答道各師各法，這只是一種烹調形式，塞甚麼進去都行，而現代蘇格蘭人嫌煩，也不用羊胃來裝，只是倒進一個模子做出來。

接下來的蘇格蘭傳統菜，都是煮、煎、烤，沒有甚麼值得一說，最後的甜品Atboll Brose Parfait，用Drambuee酒來做冰淇淋，倒是我最愛吃的。

又是飽得不能再飽的一餐，一出門口，那位風笛大漢已在等待，當開路先鋒，一面大鳴大奏，一面前行，在愛丁堡Waverley車站的十一號月台，一列十多節車廂的火車，漆成深紫顏色，火車頭不是想像中的蒸氣，是電動的。我們跟在後面，走入車站，步進車廂，好不威風，旁邊的人都以羨慕的目光望着這隊東方人。

The Royal Scotsman字眼漆滿所有車廂，一共只載三十六位客人，分佈在十四個雙人套房、兩個單人房中，還有兩個餐車廂，一個佈滿沙發的客廳，最後是個瞭望台，也只有那裏可以吸煙。

全車給我們包下，要怎麼喧嘩也沒人干涉，這是我們旅行團最過癮之處。

觀察房間，當然沒有像郵輪那麼寬大，床有兩張，洗手間還算舒服，化妝用器高級。

那個一身軍服的風笛手有兩撇大鬍鬚，每張紀念明信卡都有他的照片，他揮着手，目送我們離開。

服務員先自我介紹，捧上雞尾酒，不喝的人有下午茶、點心和餐廳中任取的櫻桃，一切酒水都包在裏面，喝到醉為止。

慢慢進行，速度越來越快，看到遠山，山上的黃花、河流、草原、羊隻。可能是夏天草長得茂盛，綿羊只要吃一個地方就夠，就不跑來跑去，好像動也不動的大玩具。

車子進入高原 Highland，在 Dalwhinne 停下，我們到第一個酒莊參觀。

威士忌 Whiskey 或 Whisky 音譯，兩種英語都是同一種酒的稱呼。而我們到酒吧，通常只是說給我一杯 Scotch，表示要喝的是蘇格蘭產，別的地方以同樣做法的酒，都不可叫為 Scotch。

我們最先熟悉的威士忌，只是 Johnny Walker、Chivas、Ballantine 等，早年的雜貨店是從蘇格蘭鄉下一桶桶買來，沒有名字，混合了就是以店名稱之，變為品牌。

當今的時尚人士喝單一麥芽威士忌，以為混合威士忌就不行，其實當中的佳釀不少，混合威士忌錯在混出來的酒，味道大同小異，不像單一麥芽威士忌那麼有個性。

單一麥芽威士忌 Single Malt Whisky 是甚麼?首先我們有必要將它分開來解釋:

單一 Single,是指一家廠生產的;而用一個原桶裝出來的,叫 Single Cask。很多 Single Malt 威士忌,其實是用很多不同木桶的威士忌調味。

而 Malt 是指麥芽,把大麥浸濕了,讓它長出芽來,其他穀物,如小麥、裸麥和玉米發芽,都不能用這名稱。

既然來到蘇格蘭,混合威士忌不是我們興趣所在,要看的當然是單一麥芽威士忌的酒廠。

火車慢慢地向高原進發,我們在頂峰的一個小車站停下,就去喝我們的「下午酒」。

參觀的是一個名不經傳的小酒廠,和車站同名,叫 Dalwhinnie。

有兩座典型的塔,是蒸餾過程的通風處,塔頂是尖的,尖得有點像東方的塔形,是迷人的建築焦點,在今後經過的許多酒廠都能見到。

其實看過一家,旁的也差不多一樣,所有需要用來製造威士忌的器具都齊集其中：有大麥的磨、碎麥芽的磨、糖化槽、發酵槽、冷凝器、烈酒收集槽，以及木桶存放處。

令人留下最深刻印象的是蒸餾器，樣子像一個巨型的反轉煙斗，或上小下大，像個大葫蘆。都是銅製的，擦得光亮耀眼。

大批的大麥送入廠中，由機器碾裂，灑水，放在地板上讓它長出芽來。廠長坦白地說：「當今做酒廠都節省這個步驟，由專業麥芽廠處理，向他們買就是。你們看到的也只是參觀用，整個蘇格蘭，也只有五間酒廠自己發芽！」

「大概需要多少時間發芽？」

「十二天左右，胚芽破出胞壁後，釋出澱粉。如果讓它不斷地長大，它會分解及利用澱粉，蒸餾後的酒精量就減少了。」

「那要怎麼阻止？」

「得燒泥煤 Peat 來烘焙，停止大麥發芽。」

「泥煤？」

廠主拿出一條條黑漆漆的東西：「泥土遇到高溫或高壓就會變成煤。泥煤是未成為煤之前的形態，也可以燃燒，它發出的味道直接影響威士忌，好像艾雷島的就很重，喜歡上的人愛得要死，討厭的一聞就跑開。」

麥芽焙乾後經過機器磨粉，放入糖化槽加水混合，叫麥汁。它會釋放出糖，這個大桶就叫糖化槽。

接下來放進發酵槽中，此時加入酵母，麥汁中的糖份會在酵母協助下產生酒精，但很稀薄。

這時，大煙斗式的蒸餾器產生最大作用，液體加熱變氣體，又經冷卻筒，變成酒精。越蒸餾越濃，最後取得的，有七成以上是純酒精。

但到底有多少度呢？國內的朋友一定會問。

度，英文Proof，是一個很容易混淆的量法，大陸說六十度，就等於六十巴仙的酒精。其實用英國的算法，四十個巴仙的酒精，已有七十度。而美國的算法更簡單，二度等於一巴仙酒精，八十度的威士忌只有四十度的酒精，故蘇格蘭威士忌從不寫多少度，只寫多少巴仙。

蒸餾出來的七十多巴仙，那麼不是烈死人嗎？不，不，還要調了水，再存入橡木桶中。在酒瓶標籤上寫着年代，如十年或十五年，就是存放在酒桶十年或十五年了，跟紅酒的多少年釀製的算法不同。而且，各位請別相信你家中藏了三十年的就是陳酒，威士忌一入玻璃瓶中，就靜止了。經揮發，你感覺上以為更醇罷了。

木桶的好壞和釀進甚麼酒，當然最影響威士忌的味道。蘇格蘭蒸餾商長途跋涉，跑到西班牙，跑到美國去尋求適合的橡木來製造木桶，但從不用新的。

最好是藏過雪莉酒 Sherry 的西班牙橡木桶，雪莉酒在西班牙釀造後空桶運到蘇格蘭來藏威士忌。酒廠還會免費地把新木桶供應給雪莉酒酒廠，西班牙人當然大樂，而雪莉酒，說也奇怪，味道有點像中國的花雕。

也有用美國的橡木製桶，藏過美國威士忌波奔（Bourbon），但都被認為是次貨了。

參觀完製酒的過程，最大樂趣，莫過於在售賣部試飲。Dalwhinne 十五年的酒，味道強烈，但很容易入口，被 Micheal Jackson 評了七十六分，此米高非彼米高，是威士忌的酒聖。

最後還是買了三四樽換兩個木桶浸出的 Double Matured，評分七十九。拿回火車上，吃飯喝個清清光光，一樂也。

火車行走時，略為搖晃，本來酒醉飯飽，很容易入眠，但在經過叢林時，有些樹枝擦過車頂，沙沙聲，擾人清夢。正在那麼擔心時，原來火車到了晚上，是停在車站不運行的，大家安心睡個好覺。

一覺醒來，呼吸蘇格蘭高原的冷空氣，人特別清醒。陽光射入餐卡，來一頓真正的蘇格蘭早餐全套。

所謂Full Scotish Breakfast，當然有兩個蛋，任何形式隨你喜歡，煎、炒、水煮、焓熟或奄姆列。大吃的可以要三粒，康健者要求只吃蛋白。

接着是煙肉和香腸，份量都極大，再下來有番茄煮豆、一大碗麥片湯和一大塊Haggis，和一大塊黑布甸Black Pudding，另有一塊帶甜的，當為甜品吧。蘑菇不可缺少，用的是碟子般大的巨菇，洋葱煎得軟熟，有個英式薯仔包Potato Scone，半個番茄。吃不吃得完是你的事，反正套餐就是那麼多。

胃口好的話，可以另叫熏魚、小牛扒或小羊扒，全部免費任食。

午餐的變化比較少，多數是以海鮮為主，有魚有蝦和當地小龍蝦，有時也煮成一大鍋湯，像法國馬賽的布耶佩斯，當然有吃不完的各式麵包牛油和果醬相伴。

晚餐就豐富和隆重，各人換上蘇格蘭裙子的整套禮服，或租或買，但不包括襯衫和領帶，給我們自由發揮。十幾個男士，浩浩蕩蕩，圍起來拍一幅照片留念。

飯後移師到酒吧卡車，蘇格蘭樂隊表演，音樂由哀怨小調到激烈節拍的舞曲，這時大家紛紛起舞，醉了，連相貌普通的女侍應也當成美女，跳個不停。

火車紛紛南下，經過名廠眾多，包括了 Speyside、Glenlivet、Glenfiddich，Balvenie 是我們愛喝的，創始人珍藏 Founder’s Reserve，只是十年的，也很喝得過，被評為八十五分。同廠的 Double Wood 十二年更好，八十七分。也有帶甜，用 Port 酒桶藏的 Port Wood 二十一年，八十八分。沒有標明年份的 Vintage Cask 也是同分。

我們在 Bothiemurchwus 森林停下，訪問一個有四百五十年歷史的庭園和住宅，以及做各種戶外活動。包括了山中散步、騎小馬一遊、單車、射箭、開獵槍、溪畔釣魚和最懶惰的乘巴士周圍走走。

最多人挑選的是射擊，別的地方讓你開一兩槍，這裏一給就是幾盒二十四粒的散彈。有些團友玩不厭，打了將近兩百發，肩膊骨頭差點脱掉，泥製的鴿子，只碎三、四隻，但大呼過癮之極。

有耐性的去釣魚，當然只釣到一兩條小得不能再小的。垂釣者，通常是到菜市場買些大的展示給友人看，但至少這個經驗，給人學到甚麼叫飛釣。那是用一長竿把線拖得遠遠再收回來的一種釣法。

愛更劇烈的運動的話，可以乘小橡皮艇在激流直下，水花飛濺，雖說五月初夏的蘇格蘭天氣宜人，但是浸得一身濕，一定發抖發個不停。

散步最舒服，有個專人引導，指出此樹叫甚麼名字，沒興趣的人聽了忘記，我則用蘋果手機的App寫下，它有一個叫Penultimate的，當為記事簿最理想。返港後，把花名木名翻查字典，看看中文是甚麼。

乘巴士四處遊，翻山越嶺，看看蘇格蘭牛，比普通水牛還要大三倍，絕不騙你。但令人留下深刻印象的是去看鹿，你記得《女皇》一片中，她看到的那隻絕世無雙的巨鹿嗎？在野外看到，那是你的幸運，沒有女皇命的話，可到鹿場去。

所謂鹿場，也是野生，圍起來不讓鹿走失而已。其中一群好吃的，變成了馴鹿，聽到遊客一到就集中起來，從大家手上的麥片取食。這種鹿，和在奈良看到的又是不同，想到有些鹿將被當為桌上食，心有不忍，趕快離開。

所有活動暫告終止，我們來到主人的家，那位不知道是多少代的園主夫人，打扮得漂漂亮亮，親自出來講述她家族的歷史，我沒興趣聽，偷偷地四周走走，看看建築是怎麼一個樣子。

大廳中當然有個大壁爐，當今不冷，也生了個火，反正森林裏的柴木是不乏的。壁上掛滿家庭的肖像和風景油畫，房間各有特色。從前說世上有三樣東西最好：美金、日本老婆和英國屋，當今都變了，但英國屋還有它的風貌，你可以看到主人和太太一定住不同的房間，才明白特色在此，美國人絕對不懂，不管房子多大，還要硬着頭皮睡在一起。

洗手間最舒服了，有普通人家的廳那麼大，整整齊齊乾乾淨淨，有椅子，有沙發，有書架，在一點異味也沒有的環境下梳洗，是人生多麼高級的一種享受。

廚師是一位女士，名叫 Norma，供應了茶和咖啡之後，拿出她做得最出色的英式甜餅 Shortbread，我們吃的白糖糕是用米做的，英國人用麵粉做，也只是加白糖而已。但製成品非常美味，連我這個不吃這類只填飽肚皮東西的人，也連吞幾塊，要了她一張菜譜：

八安士的麵粉，八安士的牛油，四安士的米粉，四安士的粉糖。混合之後切成塊狀，放入焗爐，攝氏一百七十五度之下，烘至表面金黃為止。

原來秘訣在於加了米粉，回到香港一定試做。

火車又開動，我們將去全蘇格蘭最大的酒廠麥加侖 Macallan 喝個痛快。

火車在Speyside停下，麥加侖Macallan酒廠是巨大的，與眾不同的。年輕的公關笑嘻嘻相迎，她的講解聲音嘹亮，加上變化無窮的手勢，簡直是一位舞台演員的表演。指着遠方另一座大得不得了的釀酒廠：「這是新建的，為了世界市場，我們不能不擴充。」

「甚麼是世界市場？」我心中說：「是東方市場。」

麥加侖在全球的崛起，全靠他們用的大麥，稱為「黃金的承諾（The Golden Promise）」，為蘇格蘭特有的品種，能釀出個性強烈的威士忌來。

另一個成功因素是他們堅決用西班牙的橡木桶，供給當地酒莊儲藏Sherry酒兩三年，才運回蘇格蘭浸他們的威士忌。

兩個重要因素配合，產生完美的單一麥芽佳釀來。在一九九三年，一瓶六十年的就賣到破紀錄的八萬七千港幣，但數年後，Fine & Rare Collection, 1926的，變成三十萬港幣，當今還翻了又翻，這個價錢算便宜的了。

在釀酒廠走了一圈，我們最感興趣的當然還是試酒，該廠權威的試酒師先用一張紙鋪在桌面，畫了幾個不同顏色的圓圈，寫着新酒New Make Spirit、Sherry橡木桶十二年、Sherry橡木桶十八年，和所謂的「雅致橡木桶（Fine Oaks）」

二十一年和三十年五種酒。

初飲者當然選越陳越好，我們喝完 Sherry 橡木桶十八年，向試酒師點點頭，他微笑讚許。最後，我們指着藏在玻璃櫃中的 Gran Reserva，翹起手指，還問他有沒有 The Macallan、30-Year Old, Sherry Oat 的，此二酒，皆為 Michael Jackson 評為九十五分。

「那是又優雅，又古老的年代了。」他感嘆後說。

言下之意，我們當然很了解：「黃金的承諾」，一九九四年以後，因為此麥珍貴，只用了三十個巴仙。而當今的「雅致橡木桶」，是因為應付亞洲人不斷的要求而混成，Sherry 橡木桶只佔小部份，大量的只用了美國橡木，浸過波奔酒的。

走出來時，看到一輛卡車停着，是運「The Famous Grouse」的，在「鏞記」常喝，甘健成兄叫為「雀仔威」。我問公關這架車來這裏幹甚麼？她笑着說：「問得好，它是我們的附屬公司。」

回到愛丁堡，我們遊完古城，走到附近，有一家威士忌博物館，裏面更有數不盡的牌子讓客人試飲和採購，不過若要找高級一點的佳釀，還得到那家 Royal Mile Whisky 的店裏找。

威士忌為甚麼那麼誘人？難道白蘭地不能代替？要知道，白蘭地的糖份實在高，淺嘗無妨，喝多了也會生膩，哪有一個地方的人，像香港一樣，在七、八十年代一上桌就擺了一瓶白蘭地，喝個沒完沒了？

恕我不懂得欣賞越賣越貴的茅台，要是喝到一瓶真的已算幸運。喝完滿身酒味，要是叫我選，同樣烈酒，我寧願喝意大利的果樂葩或俄國的伏特加。

至於喝法，混合的威士忌可加冰，但也得把它鑿成一個橘子般大的圓球，由酒保慢慢雕出來。當今速成，由日本人發明一個壓縮機器，用熱水融化巨冰而成，已不太好玩。

真正單一麥芽威士忌，能藏個十年已不易，為了保存 Sherry 橡木桶的香味，還是純飲較佳。有些人會淋上少少的幾滴水，說也奇怪，味道散開更香。

蘇格蘭地理環境寒冷嚴峻，生活不易，幾乎長不出蔬菜來，人生各顧各的，別地方的人看來，感覺他們孤寒，笑話更是一籮籮寫出。他們能夠喝一口好一點的，已覺幸福。甚麼十年二十年，碰也沒碰過，我們必須懷着這種心態去了解他們，了解威士忌。

這一次威士忌之旅，印象較深的有 Lagavulin 16、Brora 30、Springbank 32、

Glenury Royal 36 和 Glenfarclas 40，感覺有點過份。

但牌子不出名的話，高齡酒也不是很貴，香醇度不變，主要是看用不用 Sherry 橡木桶浸出來。The Macallan 十八年 Sherry 橡木桶的，也已比「雅致橡木桶」的二十五、三十年好得多多聲。

威士忌一好，啤酒也一定好，小廠做的白啤酒 Harvest Sun 和黑啤酒 Midnight Sun 味道一流，但說到最好，還是用橡木桶浸過的 Innis& Gunn，包你一喝上癮。

離開之前，到碼頭的一家叫 The Kitchin 的餐廳去，被譽為蘇格蘭最好，一開始有冷茴香湯，頭盤吃鰻魚和葱，接下來是燒剃刀貝，主菜為豬頸肉和帶子相配，另有比目魚、野雞、芝士和甜品一共八道菜，吃得眾人大讚，值得推薦。

主廚 Tom Kitchin 是位人品謙虛的年輕人，不斷向上學習，當今米芝蓮一星，今後獲三星是絕對沒有問題。

地址：78, Commercial Quay, Leith, Edinburgh EH6 6LX

電話：0131-555-1755

網址：http://www.thekitchin.com

童心

每年的四月二十九日，荷蘭瘋了，是最好玩最好玩的一天。

這是荷蘭女皇的生日。不，說錯，是她母親朱麗安娜的。為孝順老人家，女皇柏翠斯自己不做生日，只要母親活着，永遠以四月二十九日當全國慶典。

我選了這一天到達，由香港乘國泰機，直航只要十二個小時。抵埗時是清晨六點多，有整整的一天可玩。

世界上有許多可以走馬看花都市：紐約、悉尼和倫敦是例子：洛杉磯、台北、墨西哥城都太大，沒汽車不行。

荷蘭首都阿姆斯特丹的人口七十萬，單車計有八十萬架，不是騎單車便是步行，政府訂了很多法律，像是要把汽車趕盡殺絕。

這一天，整個市中心的道路禁止汽車駛入。擠滿了人群，連單車也不管用。

因為橙紅是女皇愛好的顏色，很多人都穿了橙紅的衣服，連頭髮也染來配襯。

路過的人，看見我揹了一個橙紅顏色的和尚袋，翹起拇指叫好。

家家戶戶都出來擺攤子，只要你在前一天用膠紙圍了一圈貼在地上，這個地盤便屬於你的，大家也不貪心，有多少舊貨賣，就霸多少位置，沒有中國人的壞習慣。

友人先在賣咖啡和麵包的攤子停下來。我沒有興趣，轉頭一看，有三個美女在賣伏特加，冰凍的，大聲招徠：「有甚麼好過來一杯烈酒開始新的一天？」

說得一點也不錯，照辦。

二樓的露台上有一對老夫婦坐着，扮女皇和她丈夫，頭戴皇冠。老太要顫抖着身體和群眾打招呼。叫早安叫得興起，要從欄杆爬下來和大家握手，她丈夫阻止她，管家出來阻止她，親朋戚友出來阻止她，原來是一班年輕的演藝學院學生化妝的，臉上皺紋弄得真像，連我也騙倒。

十幾個小孩組成合唱團，不用配樂清唱民謠，聲音像銀鈴，充滿空氣中。

另一邊很吵，原來是四五個少女當自己是Spice Girl，露出半邊胸脯大搖大擺。

除了一些咖啡店和賣肉的舖子開門，其他的都不做生意。中國餐館還是營業的，把滷魚蛋和炸春卷擺在門口，人們總得要吃東西呀。

地攤上的所謂古董，沒有一件看得上眼，七十八轉和三十三轉的黑膠唱片到處是，買回去當寶的人盡可來這裏慢慢找。我看到一個長方形的東西，底部藍顏色的瓷器，仔細一看是個游泳池煙灰缸，那個跳板用來架煙蒂，順手買下，現放在桌上，寫稿時對着它，夠大，已擺滿了數十根煙頭，像是溺斃之人。

四月天還是很冷的，有人帶不夠衣服，就在衣架上選了件大衣送給他，才賣八十塊港幣。不像有蚤子，穿在他身上也沒有哥倫布探長那件那麼殘皺。

一張畫着鬱金香花田當佈景，三個女人圍着羽毛衣和穿漁網絲襪，讓路人和她們一起拍照片，十塊港幣一張，她們是真的妓女或假扮的？倒看不出，其中一個給嬰兒哺乳，為了和我一齊拍照，交給其他人，拍完了抱回來，吻個不停。妓女與否，都是母親，都是人。

走進一個公園，這天是小孩子的天堂，他們要做甚麼都可以。有個專人為他們化妝，小孩子乖乖地坐着，一動也不動，任由大人們為他們畫花臉，看到一個小女孩好像很享受毛筆磨擦在她臉上的感覺，痳痳癢癢地，舒服到嘴角淌出了口水。

公園一角用繩子圍着，裏面擺了幾張椅子，好幾個人坐在裏面。這種情況通常是做來給失散的兒童等待，但是這裏是小孩子把父母親暫時交給人看管。大人也樂得清靜，在裏面抽煙或喝啤酒，當成躲開頑童的避難所。

賣冰淇淋的檔子特別多，有些是小孩子開的，一個來買，一個來賣，同樣年齡，賣者和買者是否感覺到身世的不同？等長大了才了解吧。

公園裏還有一間電影博物館，收集各國經典最齊全，每天換一套公映，戲院典雅，本身已是一件藝術品，外面開着露天咖啡店，桌椅用劇照設計，來自《亂世佳人》、《北非諜影》的畫面。

走出公園，被一個女人擋住，要我向她買東西。

「只有今天，所有買賣，國家不抽十七個巴仙的稅。」她說。

賣的是雨衣，畫着黑白的牛皮模樣。這個女人腰間纏着一個用布做成的袋子，有很多個乳頭，叫我擠一擠。

「我是隻母牛，養了三個孩子。」她很享受地說。

看身材，一點也不像，性感得很，說完又唱又跳，三個小孩臉上也畫成小牛狀，不理母親各自玩去。

「他們長大後，一定會說家裏有過一個瘋瘋癲癲的媽媽。」她自言自語地。

「好個瘋癲的媽媽。」我說：「學校的錯。」

丹麥曾志偉

丹麥哥本哈根海邊的內陸河岸上，有一個叫 Nyhavn 的地方，很像阿姆斯特丹。一邊的街道上充滿餐廳，多數樓下是酒吧，樓上才賣吃的，桌椅擺在道路旁。Nyhavn 還有一個別名，叫世界最長的酒吧。

我們被一個寫着「香港」的大招牌吸引，走進門口一看，還偷了香港旅遊局的那隻帆船當標誌，但是裏面一個香港人也沒有，肥胖的丹麥老闆娘一見到東方人，老實地說：「我們賣的是丹麥餐！」

再走前幾家，原來賣的都是一樣，西方人所謂的「開放三文治」，不用兩塊麵包來夾，肉類和麵包分開吃，根本和三文治無關，等於脫了褲子放屁。

典型的海鮮餐一客一百三十五塊港幣，在碟子上放着小片的生三文魚，丹麥藍芝士，一塊硬得不得了的小牛扒，幾瓣生菜。中央有一個獨立的玻璃碗，盛着用糖醋漬的青鯡魚（Herring）。

每人要了一客，等待老半天還不上桌，朋友説笑：「不如你跑進廚房裏去燒。」

我也笑着：「炒飯炒麵還行，那麼簡單地排在碟上的玩意兒，我不會。」

等待的時候，看見一個像曾志偉又矮又胖的人物走過，頭上戴了一個很搶眼的紅色法國小帽，身上披着一件長褸，差點拖在地上。

原來這件長褸中藏滿法寶，丹麥曾志偉先從中取出一個淋花用的噴水壺，見遊客走過，就從後面把水射向他們的耳朵。

多數旅客用手摸一摸，望着天，咦，沒有下雨嘛。

也有毫不在乎，繼續上路的，大概已視天雨為常事。

丹麥曾志偉見惡作劇不成功，使出下一招，從長褸中取出一條拖狗繩，遊客一經過便把鈎子掛在他們的背包上。繩子越拉越長，丹麥曾志偉便扮成一隻狗，汪汪大叫地被主人拖着走。

效果產生，坐在餐廳外的客人笑了出來。

丹麥曾志偉忽然取出一個哨子，扮警察來指揮交通，看到一個擔着根煙走過的，即刻大聲吹哨，嚇得那傢伙半死，大家又笑了。

下一招是走在遊客前面，取出一個「吶喊」的鬼面具戴在臉上，忽然轉頭，女遊客給嚇得尖叫之後，撒嬌地打他幾拳。

走開了一會兒，丹麥曾志偉重新出現時，手上加多了一個手提箱，他的幾根手指轉動得快，身體圍着手提箱團團轉，這麼一來，那個手提箱便像停在空中一樣，看得眾人嘆為觀止。

表演完畢，他向餐廳的客人一鞠躬，然後張手向大家要幾個銅板。

看他表演得落力，大家也不孤寒，有些人還給了五塊錢美金。

丹麥曾志偉收了錢，在我身邊的一個空位坐下，叫侍者給他一杯香檳。出手之闊，勝過許多給錢他用的人。

我遞了一枝香煙給他，為他點着火，更談起來。

「我是唸戲劇的。」丹麥曾志偉把身世娓娓道來：「但是在丹麥有多少角色可以發揮呢？」

「改行呀！」我說：「可以去做別的買賣。」

「自由慣了，要做固定時間的工作，簡直是不可能的事！」他嘆了一口氣。

「為甚麼選中在這裏表演？」我問。

「人生的舞台，隨時隨地改動，我本來可以去 Tivoli 遊樂場表演的，但是固定在一個地方，等客人來看，不如把舞台搬到觀眾眼前！」

「怎麼把舞台搬到觀眾眼前？」我好奇。

「有一天，我經過這一條世界最長的酒吧，算了一算，一共有二十四間餐廳，每一間都有幾桌人坐在外面。」丹麥曾志偉解釋：「所以我把我的表演分成十二幕，每一場表演給兩個餐廳的客人看，由頭做到尾，又走回最先的舞台表演過來，循環又循環，每次都有新觀眾，是我悟出來的道理。」

我替他心算一下，每兩個餐廳平均最少有十美金的收入，十二場就有一百二十塊，每天算表演兩輪好了，也有兩百四十塊美金，夠他喝香檳了。

丹麥曾志偉好像知道我已算出收入，補了一句：「還不必繳給政府二十五巴仙的稅呢！」

「要是在香港，人很暴戾，你這麼玩他們，一定打架。」我說。

他點點頭：「在這裏也會遇到不愉快的事。」

休息完畢，丹麥曾志偉又起身工作。

這時有一個禿頭的大漢經過，丹麥曾志偉一直用手勢嘲笑他的光頭，本來適可而止的，但他一再侮辱對方，這時大漢惱了起來，抓着他的衣服想打他，丹麥曾志偉即刻跪在地下，脱下了那頂紅色的法國帽，露出自己的光頭，做你和我都是一樣可憐的手式。

禿頭大漢笑了，我們看的人笑了，丹麥曾志偉也笑了，世界真美好。

華沙之旅

從伊斯坦堡，有些友人先回香港，畢竟已出來了十八天，我和廖先生夫婦，再飛波蘭的首都華沙。

「去華沙做甚麼？」有些人問。

回答道：「不做甚麼，為的是沒有去過。」

東歐的地理環境遠比不上西歐，絕無法國的優美，也沒有意大利的炎熱。加上在第二次大戰時，華沙幾乎被轟炸成平地，有七成以上的建築，是重建的。好在根據古照片和圖則，恢復了古貌，經過六、七十年，也看不出甚麼傷痕，和一些東歐國家，像克羅地亞的札爾格列一樣。

我們入住舊城區的酒店 Le Bristol，樓頂很高，非常有氣派，放下行李後就去觀光，沒有一個波蘭人比蕭邦更出名了，他住過的房子，去過的教堂，當然最著名的還是蕭邦紀念館。

由一座巨宅改建，設施相當地現代化，一張張的蕭邦樂譜，在電腦控制之下，一翻開就能聽到演奏。陳列着的還有他彈過的古鋼琴，到過的城市，最後還有死亡面具。這是古代名人死後的傳統，從他的屍體中打了一個石膏模，當成紀念，我倒認為是件不尊重逝者的事。

至於皇宮，沒甚麼看頭，歐洲其他城市的輝煌得多，但也走走，皇宮花園的樹木，每處還是不同的。

最實際的還是吃，波蘭雖然經濟不振，農作物還是豐盛的，我們在這裏看到前所未見的向日葵，摘了頭賣，一個個大如我們的洗臉盆，絕不誇張。種子一粒粒，像蒼蠅的眼睛，有密集恐慌的人看了一定會害怕。但如果是兩位好友，買了一個放在面前，你一粒我一粒地剝下種子來送酒，卻是非常之優雅。

也是榛子和核桃的季節，前者有果葉包住，撕開了才見大若拇指的果殼，敲開了吃新鮮的果仁。後者大如蘋果，一般的核桃夾子都不能打開，我買了兩三公斤，準備拿回去香港用石臼對付。

當地的水果、芝士和堅果都很豐富，在市場上一走，覺得人民的生活不應該那麼清苦，弄壞的應該是政治家。當今波蘭雖然加入了歐盟，但不可以用歐羅，也不知道是幸還是不幸。

問漂亮的波蘭導遊，她說很多工業都可以發展，但被企業家控制住，寧願輸入便宜一點的外國貨來賣。我想起波蘭的電影工業本來就很發達，拍出像《鑽石和炭》等出名的電影。她驚訝我也能記起，但說是因為官僚主義的阻擋，有種種不合理的工會條件，令到外國電影人不敢前來拍外景。

還是去醫肚子吧，她帶我們去一家叫 Folk Gospoda 的餐廳，室內裝修有如俄國小屋，波蘭因為土壤不適合種植葡萄，沒有甚麼好的餐酒，他們做得最好的只是啤酒和伏特加，也就大喝這兩種了。

吃的有生牛肉、牛肉濃湯、鹿肉等等，沒有甚麼深刻印象，只覺粗糙。以為波蘭菜沒有甚麼好的，那也是大錯特錯。事前，我們做好資料搜集，找到了一家叫 Don Polski 的，走了進去，佈置得幽雅，不一會兒，已經把我們用電郵預訂的烤乳豬拿了出來。

雖說是乳豬，也有火雞般大，皮烤得像很脆。但侍者說他們是不吃皮的，把肉分了出來，汁多軟熟，的確是很特別，就算中國燒乳豬或西班牙葡萄牙的，也沒有這種效果，波蘭人有他們的一套。

乳豬肚裏塞滿了大麥和蘋果，另有一番吃頭。忍不住還是剝了一塊皮來試，硬得要命。

最初訂的時候，說要一個禮拜之前準備，聽說我們只有四個人，回電郵講明一定吃不完，我們不管，還要了一頭烤奶羊。

奶羊已剝了皮，淋上白蘭地，點着火上桌，很有氣派。看見一個中年女士拼命拍照片，廖先生說一定是個寫食經的，既是同行，我就上前請她一起分享。這女人也不客氣一屁股坐下，吃了幾口，點頭讚好，就走了出去。

接着我們沒有叫的食物和甜品一樣樣地送了上來，這是怎麼一回事？原來那個所謂寫食經的，就是這家店的老闆娘，這些都是她送給我們品嘗的。

在市場中看到很多未見過的菇類，中午就找到一家專門店，一點肉也不叫，都是菇，也吃得飽到不能再飽。

晚飯訂在一家叫 Atelier Aamro 的，在當地最為熱門，是做新派菜。我一聽有點抗拒，但新派菜總是那麼一點點一點點，前幾餐已夠飽，難吃就不吃好了。

餐牌是八道試吃菜，有酒 Pairing，既是吃甚麼配甚麼酒，波蘭既然沒有好的餐酒，這家人配的，是烈酒！

這下可好，我即刻大喜。

食物沒有甚麼可以奉告，但是呈獻的烈酒，是專門從全波蘭最好的酒窖挑選出來，有的是一百零七度，兩度算一個巴仙的酒精，一共是五十點三五巴仙。

全部八杯，有薯仔提煉出來的伏特加、小麥提煉的味道更純，還有你永遠想不到的用牛奶、蜂蜜、各種水果釀製的烈酒。一杯杯乾了，越喝越痛快，這一餐，永記心頭。遊華沙，千萬不能錯過。

Lapa Palace Hotel

一生人住過無數酒店，留下深刻印象的不多。葡萄牙首都里斯本的 Lapa Palace Hotel 可算是其中之一。

名字有個皇宮，其實並不是皇帝住過。拉丁文中的 Palace 來自 Palatium，是 Palatino，山峰上的一間巨宅。

葡萄牙在一七五五年來過一次大地震，之後貴族在一座山上重建了一個叫 Lapa 的高級住宅區。一百一十五年後，一個子爵建了這座大樓，後來就一直是名流交際的場所，到了一九九二年才改為酒店。

屋內裝修由十九世紀的牆磚大師 Pinheiro 負責鋪飾，壁上繪畫出自藝術家 Culumbano 手筆，至今原封不動，整間旅館像個小型的博物館。

大堂在四樓，下層做為客廳。我住在頂樓的第七層，一房一廳，很大，面對着海。打開落地窗，俯視整個里斯本。

里斯本並非一個旅客專程來遊玩的勝地，大家只是路上經過而已。旅遊業不發達的城市，機場不需要建在老遠，下機後到達，才十幾分鐘，讓我想起從前的啟德。

市內很多藍色的磚牆建築，旅館裏也多藍色裝飾，從窗口望出，天，是那麼地藍，藍得令人不可置信。對被污染空氣籠罩的大都市人來說，天，是灰暗的。

房間內看不到一般酒店典型的電視機，和意大利 Portofino 的 Spendido 酒店一樣，要按鈕，電視機才會升起來，盡量不讓客人看到現代化的器具，否則與古樸的情調大異，氣氛就不調和了。

天氣酷熱，房內有一精密的溫度控制器，讓人調到最舒適的狀態，不像其他酒店忽熱忽冷。許多客人還是穿上游泳衣到戶外泳池戲水。

口渴，想沏杯茶。房裏供應電水煲，在歐洲酒店來說是難得的。看到櫃台上擺着一瓶砵酒，由酒店贈送，就開了一瓶有氣礦泉水溝着喝，天氣熱，就那麼喝太甜。

坐在客廳沙發慢慢享受這杯酒，望出窗口，是市標大橋 Ponte 25 de April。有一英里長，和三藩市的金門橋相似，原來叫 Ponte Salazar，來紀念葡萄牙的獨裁者，一九七四年四月二十五日革命，才改名的。

另一座老遠可以看到的是耶穌像，又和里奧的一樣，巴西也是葡萄牙殖民地，這麼一個小國，當年的歷史相當輝煌。

差不多到了晚飯時間，還是先洗個澡吧。浴室中擺設了大量化妝品、防曬液、太陽油等，當然是讓客人帶走的。撒一把海鹽入大浴缸，把耶古齋的引擊開動，好好泡它一泡。

走出來，有點餓了，看到餐桌上擺了一兩個典型的糕點葡撻，忍不住試了一口，看看與在澳門吃的有甚麼不同。最大分別是輕鬆，入口即化，好像吃多少個都不會肚脹。

又有兩粒又紅又大的水蜜桃，還是等一會才吃來通腸胃吧。

抽一根煙才下去。房內有精美的瓷碟，除非你要求禁煙房，葡萄牙人的煙，抽得很兇，到處看到這些煙灰盅。有些客人會順手牽羊，書桌上擺着一塊牌子，有一小行字，寫着房內擺設，要是帶走，酒店會在你的信用卡中記賬，另加原價三十個巴仙當成運費。

走出門，背後掛兩個絲彩帶，結成朵花，一紅一綠，門外有小銅鈎，讓你掛上，紅的是請別騷擾，綠的是請整理房間，這與普通酒店的兩塊硬紙牌，大有分別。

經過大堂的服務部，職員客氣問道：「枕頭的軟硬度還可以吧？」接着他帶我進去，室中擺滿各式各樣、高矮不同的枕頭，有些是鵝絨，有些是軟膠，任選。

吃飯之前，先來杯餐前酒，走進酒吧，是一個佈置得古色古香的房間改建，擺着一個三角鋼琴。

「晚上，有音樂家來演奏。」侍應説：「當年這是女主人的臥室。後變成名媛説人家壞話的地方。樓上還有一個宴會廳，讓我帶你去看看。」

反正不是趕時間，隨他上樓。現在五樓整層改為伯爵套房，裏面之豪華，可用英語 Fit for a King 皇帝的水準來形容。

「多少錢一晚？」我問。

「兩千五百歐羅。」他説。

二萬五港幣，在西歐可找不到同樣的地方住。

「整個旅館一共有多少間房？」

「九十四間。」

「我住的那間呢，從前是做甚麼用的？」

侍者笑着說：「伯爵的更衣室。」

走回餐廳，是意大利的切伯利尼經營的。來到葡萄牙，吃甚麼意大利菜呢？但對當地人來說，是個高級的異國情調，我們已經出門多日，有點疲倦，就那麼優優閒閒在酒店餐廳隨便吃一餐吧。

打開餐牌，原來還有特別的一項，給喜歡吃葡萄牙菜的人享受，見有烤乳豬，即刻要了。酒牌中的陳年佳釀無數，又點了一瓶二十年的馬士卡葡萄甜酒當為甜品，酒醉飯飽。到了里斯本，千萬別錯過這家酒店。

地址：Rue do Pau de Bandeira, 4 1249-021 Lisbon

電話：+351 21 3950665

網址：http://www.lapapalace.com

北極光！

香港人真會旅行，先是星馬泰，接着到日本韓國，再去歐洲，美國也打個轉，加拿大不當玩而去移民。古蹟一個個走，長城不算，近去吳哥窟，遠至金字塔，連甚麼馬丘比丘也發掘了，越來越刁鑽。

當今最熱門的，是去看北極光。

之前從雜誌的照片、電視的旅遊節目中不斷出現，那一整片又綠又藍的天幕，不斷變動，是多麼地攝人心魄，非親身觀賞一下不可！

怎麼去，我們這次是乘友人的私人飛機，在烏魯木齊停一個晚上，吃吃烤全羊，再到 Helsinki 加油後直飛冰島。

從窗口望去，一片雪地，進入一個白茫茫的世界。在 Reykjavik 着陸，所謂首都，也不過是一個小鎮，頗有聖誕老人故鄉的感覺，一間間彩色的小屋，像個玩具城，我們不住西方人信任的希爾頓，在鎮中一間很舒適的四星小旅店下榻，晚上就在附近的一間食家們推薦的餐廳糊裏糊塗吃一頓，來到這裏，美食不是主要的目的。

第二天就搬到一家專門為了看北極光而設的酒店，周圍除了雪，甚麼都沒有。木造的建築，簡陋得很，已算是全國最貴最好的了，為了看北極光，皇親國戚都住到這裏來，身上帶的，全是最高級的攝影器材。

當今我旅行，已以最輕便為主，拍照片全靠那個 iPhone，知道來到這裏是不管用的，先打聽一下，有甚麼光圈最大的傻瓜機，結果是個哈蘇的 Stellar，相比別人的，有點寒酸，但我也不在意。

放下行李，到旅館的酒吧走走，我們這三天的活動範圍都在這裏，喝喝酒，吃吃東西。冰島最好的啤酒牌子是 Gull，多喝無益，還是抱着自己帶去的威士忌狂飲。

大堂擺了一隻北極熊的標本，比我高出兩三個頭來，被戴上了個聖誕老人帽，樣子不兇惡了。除此之外，有個桌球室，就沒甚麼設施，還是躲進餐廳去。

在冰島最好吃的還是羊肉，不受污染，鮮甜軟熟，但千萬要吩咐是 Rare，一過火就老得像咬柴，奇特一點的是 Puffin 野鳥肉，沒甚麼個性，也不及鴿子的美味。

酒店經理走進來宣佈：「今晚的天氣清晰，看到北極光的可能性極高，各位好好休息，一出現我們即刻通知大家。」

早上去了看冰川，又見噴泉，還有利用火山熱氣的發電廠，有點疲倦，又喝了酒，半夜也聽不到甚麼的消息，就睡到天亮。

「沒那麼好彩的。」友人說：「上次我們去芬蘭看，那邊的酒店很好，有個天窗，可以睡着看，但睡了三晚，也沒看到。」

第二晚，不喝酒了，早點回房，到了半夜，果然有報告：「出現了，出現了！」興奮到極點，誰說很難得？我們只等了一個晚上就能看到，運氣真好！趕緊起身穿衣服，這次有備而來，在大阪的「西川」買了一件 Vicuna 的底衫底褲，比甚麼羽絨還管用，手忙腳亂地穿上。

打開落地窗走出陽台，哪裏有甚麼北極光？

看了老半天，原來遠處的天邊有些白白的光線，只聽到其他住客的相機噼噼啪啪地按着快門的聲音，大家捧着笨重的三腳架亂拍一通。

一下子，那還小小的白光也消失了，哦唔，像一下子陽痿，只聽到眾人媽媽聲的粗口，我沒那麼好氣，脫了衣服回床睡覺。

今晚，也是最後的一個機會了，全球暖化，北極光也許再也不出現了呢？

「很有可能！很有可能！」酒店經理又宣佈：「今晚又沒有月亮，各位都知道，月圓的晚上北極光是不會出現，請各位耐心等待！」

唉，乾脆不睡了，一面喝酒一面和你拼個老命！

一片歡呼聲！有了上一次的經驗，這次已把穿衣服的次序搞清楚，從容地一件件披上，走出去看。

天上，像黎明一樣發光，左一片、右一片的白光飄來飄去，北極光大放光明。

但是，哪來的綠色？哪來的藍色？不過是一片白的。也用了我的傻瓜機拍下，翻看剛才的白光，才看到藍色。原來，北極的藍光，肉眼是看不到的，要經過鏡頭的折射，才有變化。

一切，是騙人的！

可是經過那山長水遠，花那麼多的氣力去看，回來後當然不會告訴你：原來北極光是白色的！大家都說美不勝收，人生必看的經歷，不來到後悔終生，漂亮呀，漂亮呀！

和去了不丹一樣，人民並不像傳說中那麼幸福，風光並不如傳說中那麼美好。

蘇美璐在電郵中問我看北極光的印象，我老實回答了，她說：「我在北極圈中住了十幾年，也沒有看到甚麼值得大驚小怪的現象。」

這就是北極光了！

俄羅斯

偉大的隱居

「俄國值得去嗎？」回到香港後朋友問我。

「絕對值得。」我說：「莫斯科去不去對人生並沒甚麼損失，但聖彼得堡一定要去。」

「聖彼得堡在哪裏？」友人問：「我只聽過列寧格勒，沒聽過聖彼得堡。」

「聖彼得堡是用來紀念彼得大帝的，共產黨來了，改為列寧格勒。走了，還是叫聖彼得堡。」

「有甚麼了不起？」

「了不起的，是凱塞琳女王的『隱居 The Hermitage』。用她的冬宮改建。」我說：「裏面藏了幾百萬幅名畫、雕塑和珠寶，俄國人經常自豪地說，如果在每一件作品前面停覽一分鐘，你得花十四年功夫去欣賞。」

「嘩！那麼多！」友人驚嘆：「是甚麼時候開始收集的？」

「準確年份是一七六四年，距離現在兩百三十多年。」我說：「但是研究隱居，應該從彼得大帝開始，他對考古學有濃厚的興趣，開了第一間公眾博物館，從此全國引起了收藏古董的熱潮，大家都希望找到好東西賣給皇帝，從前一挖到古董即刻把黃金熔成金塊賣掉，彼得大帝訂了一條法律禁止，金製的寶物才逐漸出現在市面上，凱塞琳女王承繼了收藏的傳統，但是她只是個人收藏，不公開給別人看。」

「凱塞琳懂得那麼多嗎？」

「不。」我說：「凱塞琳很聰明，她把收藏集中在繪畫和珠寶上面。一般的收藏引不起她的興趣。她曾經批評另一個收藏家 Grigory Orlov。她說：我常和他吵架，我罵他說要收藏那麼多的東西，等於想把大自然放在一個盒子裏，是不可能的事！」

「她怎麼學到這種高品味的？」友人問。

「靠自己一個人當然不容易，凱塞琳有很多愛好藝術的朋友，很聽他們的意見，虛心地學習，她說活到老學到老。在晚年，她立志成為一個古董專家，從此她不惜工本到處購買，越藏越多。」

「難道她沒有買過假畫嗎？」

「早期也許失敗過。」我說：「但是後來她已經懂貨。有個叫 Thomas Jenkins 的羅馬畫商要賣她一批 Correggio 的名畫，她馬上派她的經紀人 Reiffenstein 去鑑定。後來這批畫送到聖彼得堡來給她選擇，她看了一眼，大罵 Reiffenstein，你生活在羅馬的市中心，每天看到那麼多大師的傑作，但是眼光比一個初生嬰兒都不如。我們這些生活在隱居的人，看的只是次要的作品，但是已經即刻知道真假。」

「這女人也真厲害。」友人說。

「她還是很謙虛地寫信給朋友：我每天都在看。學識真的沒有止境。只有上帝才知道我從中得到的樂趣。」我說：「不過後來的拍賣中也發現了不少珠寶的贋品，那是凱塞琳叫工匠做了一份假的給別人鑑定，試探他們看不看得出。」

「不過她一生也不可能收藏了幾百萬件呀！」友人說。

「對。凱塞琳在一七九六年死去，終結了隱居第一個階段的收藏。她的孫子保羅一世跟着收了不少，但是他的品味並不高，到了一八二五年尼古拉斯一世繼位，才把隱居的收藏發揚光大。」

「我還是不能相信幾代的帝王做得了那麼多的功夫。」朋友疑問：「後來赤化，那些收藏不是盡失了嗎？」

「說得一點也不錯。隱居的確是遭受到歷史以來最大的災難。共產黨拿到外國去拍賣，賺外匯來做軍備，又加上貪官污吏各自偷了幾件當家藏之寶，東西更是遺失得一塌糊塗。」我說。

「哎吔！」友人驚叫。

「別擔心。也只有共產黨，至今才有那麼多寶貝。」

「為甚麼？」

「共產黨把民間收藏也共產掉了呀！」我說，「共產進隱居來的名畫和珠寶無數，德國人打了進來，他們一火車一火車地運走，後來蘇聯佔領了柏林，把德國人的寶藏也一齊拿回來，有些還沒有開過箱呢。近年來才發現一批被遺忘的，打開箱子，盡是些畢加索、雷諾馬蒂斯、高更、梵高的無價之寶。現在都在隱居展覽，所以說絕對值得去一看。」我越說越興奮。

「那真的非去不可了。」友人開始有興趣：「隱居中可以拍照片的嗎？」

「當然可以。只要給錢就是。一個一個攝影機算錢，硬照的是多少，錄像機又是多少。用閃光燈也不要緊。」

「閃光燈最會破壞原畫的！」友人說。

「作品還沒有隔着玻璃呢！」我說：「偷偷地用手去碰一下也行。」

「那麼也沒有潮濕的空氣調節了？」友人叫了出來。

「冬天是開着火爐的，對畫更是不利。」我說：「這次去是夏天，熱得要命，隱居開着幾把小風扇，談得上甚麼潮濕空氣調節呢？」

「那麼要快點去了。」朋友說。

我點頭：「快點去，乘俄國黑社會還沒猖狂到把這批畫搶走之前，快點去。」

莫斯科掠影

在嚴冬到訪莫斯科，當然大雪紛紛，寒風刺骨，但也好，經過最惡劣的環境，以後其他季節重遊，都會覺得陽光普照，這是旅行愛好者的心態。

基本上，俄羅斯已經看不到甚麼共產主義，市中心還是看到萬國共有的名牌衣服手袋的商店和廣告。當地特色，也只有從古建築中尋找。

洋葱頭還是有的，克里姆林宮、紅色廣場、舊KGB總部，還有數不清的教堂，莫斯科的歷史和文化不滅，旅遊，要看你的興趣何在。

之前已安排好交通工具和導遊，在短暫的時間內，這兩種服務是不能儉省的。來了一個身穿皮裘的老太太，樣子像《The Americans》電視片集中的那個間諜，相當長舌，不是我喜歡的形象。

美國大集團管理的酒店，還是住得過的，但服務精神在俄國還不是人人接受得了，旅館人員的水準欠佳，也少了歐洲人的笑容。放下行李後，還沒有到用膳時間，間諜老太婆問：「第一站，去哪裏？」

「Yeliseyevsky。」我回答。目的鮮明，我要去的是聞名已久的食材店，開在一間十八世紀的建築物中，從一九〇七年營業，所賣的貨物是世界上最高級和種類最多的，從National Geographic出版的《Food Journey of a Liee Time》的那張照片看來，簡直是一個食物的宮殿，非去不可。

「不如去GUM吧。」她建議。

咦，我差點沒有把鄙視的表情顯在臉上，那是「人民商場」呀，即刻想起早年的北京上海唯一購物去處，怎能和歷史悠久的Yeliseyevsky比？

一到達，果然是氣派萬千，林林總總的食物擺滿眼前，連即食麵和雲南普洱都有。可是，為甚麼沒有甚麼購買慾呢？可能是貨物給你一種放得太久，已經是過期的印象，但魚子醬和伏特加，還是高級的。

又去了克里姆林宮看沙皇的衣服和兵器之後，車子停到紅色廣場前面的街上，見一座古老宏偉的建築，一走進去，才知改裝成最時髦的商場，還有聖誕老人的表演，原來他們的和西方不同，身穿藍色服裝，身邊還有一個打扮成兔子的年輕女郎，和一中年皇后陪伴，不像西方那個那麼寂寞。

原來這是已經資本主義化的人民商場，而在裏面賣食材那個部份，才是應有盡有，貨物也包裝得光鮮，人氣興旺，更感覺到樣樣東西都好吃，更為怪錯了那個導遊老女間諜而慚愧，人家也是拼命想把工作做好罷了。

上了車，我們走過電影學院時，大家聊起《一個兵士的故事》、《仙鶴飛翔》，甚至當年的實驗電影短片《兩個人》，老太太驚訝我對他們的製作有所認識，又經過文人故居時，提到蕭洛霍夫的《靜靜的頓河》、陀思妥耶夫斯基的《罪與罰》、帕斯捷爾納克的《齊瓦哥醫生》等，老間諜更叫了出來：「你知道的真多！」

「經典罷了，都應該讀的。」我說。

從此之後，我們之間的敵意消除，從她的眼光，也看得出她為了誤認我只會吃而感到歉意。

翌日，她帶我們到菜市場去，這才是我真正想看的。距離莫斯科市中心二十分鐘左右的車程，有好幾個相同的菜市場，賣的大同小異，你只要選定一個，叫朋友或自己搭車去。放心，莫斯科的治安還是相當的安全，除非你是一個財物耀目的傻瓜，這種人，到任何都市去，都會把小偷竊賊和災難引上身。

多數是圓頂的建築，一走進裏面，頭上一大圓圈，掛着照明器具，裏面賣的貨品，也是那麼一圈圈地擺着，吃的甚麼都有，生活水準提高了，由鄉下和附屬國家運來的蔬菜、水果和肉類，非常之新鮮，每種食材，都像會微笑，等你來買。

小販也是鄉下人居多，非常之親切，有大量貨的話，都會免費請你試吃。在歐洲看到的各種蔬菜，這裏都有，而且價錢非常便宜，特別的是他們的泡菜攤子，堆積如山的酸包菜或蘿蔔絲，各種青瓜番茄都醃製着，不僅好看，味道還來得好吃，試過的即刻進貨。

肉類不乏牛羊雞，整隻的乳豬出售，兔子也多。魚的種類也無數，較特別的是他們的煙熏鱘魚，大大小小都有，有種龍蝦，比我們吃的小，但又大過普通小龍蝦，想味道必然不錯。

糖果攤中有一支支尖頭的甜品，各種顏色，又有做得像一疋疋布的山楂薄片。芝士攤中的更令人眼花繚亂，沒有機會一一去試了。

走過水果攤，小販把每一種都切下一塊給你吃，令我驚奇的是他們的柿子乾，樹上熟後一串串賣，真的比中國日本曬的好吃得多。

想起黑澤明的製片人藤本真澄，他告訴過我共產年代到莫斯科去探班，兩人去一家餐廳，看菜單上有蔬菜一項，大喜，即叫，侍者即刻捧出，原來是個泡菜罐頭，波的一聲倒在碟上，黑澤明和他看到都絕倒。

相對之下，與當今的莫斯科，是天淵之別了。

普希金咖啡座

我們這次在莫斯科只停留三天，但是吃了三頓「普希金咖啡室（Cafe Pushkin）」。

怎麼會？聽我細訴。抵達後第一晚去了「國家芭蕾舞劇場餐廳（Restaurant Bolshoi）」，客人都是看完表演後去吃的，品味應該很高，水準也的確不錯，但食物沒有留下印象，反而是試了所有的全俄羅斯最高級伏特加，知道哪一個牌子的最好，這已很難得的了。

第二天就專程去這家聞名已久的「普希金咖啡室」了，名叫咖啡室，其實是家甚具規模的餐廳，一共有四層樓，地下室是衣帽間。

普希金是最受俄國人尊敬的一位作家和詩人，很年輕就和人家決鬥而死去，莫斯科市內有個普希金廣場紀念他，餐廳以他為名，更響。

一走進去，的確古色古香，架子是從二樓搭到四樓，全部是書，宏偉得很，牆掛古畫，文藝氣息非常之重，給客人一個歷史悠久的感覺。

侍者都是千挑萬選的人才，雖說共產主義之下沒有訓練出好的服務人員，但這裏的是例外，水準和歐洲大城市的名餐廳有得比，當他們聽到我們叫了一瓶 Beluga Gold Line 的伏特加時，已知道懂貨的人來了，即刻搬出巨大的冰桶，裏面插着被冰包圍的佳釀。

接着，拿出一管器具，一頭是個小鐵鎚，用它敲開了封住瓶口的冰；一頭是根刷子，用來把碎冰撥開，然後一下子將樽塞起了，倒出一杯濃得似糖漿的酒，這是伏特加最正宗的喝法，大家一口乾了，不會被嗆住，很易下喉，證明是好酒。

未試過的客人一定會被這儀式嚇着，其實 Beluga 這塊牌子的伏特加有數種級數，如果在高級超市買了這瓶 Gold Line，就有這根器具奉送。俄國人也學盡資本主義，和茅台一樣，把伏特加賣到天價去了。

送酒的，當然是魚子醬了，這裏賣的當然也不便宜，但和西歐比較，還是合理的，而且斤兩十足，品質極高，要了一客兩千多塊港幣的，也可以吃個滿足和滿意。

經常在偵探小說中提到「普希金咖啡室」，俄國走資本主義路線後，黑手黨開始出現，KGB也借屍還魂，舊老闆當權，哪有不照顧手下的？他們的集中地，就是這家餐廳，我們做遊客的，很歡迎這種現象，黑手黨才有錢，有錢就會吃，好的餐廳才能出現。

在等待上桌時，侍者奉上一大籃子的麵包，有各種形狀，掰開一看，竟然全部有餡，野生蘑菇的、羊肉碎的、牛肉碎的、橄欖的、各種泡菜的，應有盡有，香噴噴的剛剛烤出來，單單吃這籃麵包，已是美味的一餐。

湯上桌，是個碗，上面有個蓋，全是麵包烤出來的，裏面是俄羅斯湯。當然也有斯特加諾夫（Beef Stroganoff）、烤肉串、黃油雞卷、俄式餛飩等等，精緻一點的，有煙熏鱘魚，是個尖形的玻璃罩子，把現烤的煙封住，中間插着一棵香草，一打開，香味撲鼻，吃一塊鱘魚，是肚腩肉，肥美無比。

鵝肝醬用果凍的方式做出，一層鵝肝、一層豬頭肉、一層羊腦，中間夾着啫喱，淋上特製的醬汁，雖然是個冷菜，但無腥味。

我一向對雞沒有甚麼好印象，這裏做的只用雞腿的部份，外面一層培根和麵包粒，肉是蒸得軟熟，再油炸出來，吃進口，滿嘴雞肉的鮮味。

羊肉用羊腸捲起來，再拿去燒烤。牛肉不是神戶的，但也那麼多油和軟熟，乳豬烤得像一塊塊的蛋糕，拌着芥末和其他香料做的啫喱吃。

甜品是侍者在桌邊做的火焰蛋糕，裏面的餡是雪糕，又冷又熱，又香又甜。

伏特加一瓶開了又一瓶，當晚酒醉飯飽，問侍者說哪裏可以抽煙？他用手指指着桌上：「這裏！一頓完美的餐宴，不以一根好雪茄結束，怎行？」

要是阻止黑手黨大阿哥抽煙，也不太容易吧？我想。

「開到幾點？」我又問。

「二十四小時。」他回答。

哈哈，這下可好，酒店的自助早餐，永遠是花樣極多，但沒有一種是好吃的。翌日，我們又來到普希金咖啡室。各種豐富的英式炒蛋、煎蛋、焗蛋、水蛋當然不在話下，最難得的，是午餐晚餐的菜單，都可照點，侍者說：「我們的大廚，也是二十四小時恭候。」

當然叫了香檳和魚子醬當早餐，店裏的香檳選擇不多，要了瓶 Blanc de Blancs 喝完之後，照來伏特加。

臨走那晚，去了家旅遊冊和網上都介紹的 Turandot，裝修富麗輝煌，但一看菜單，竟有星洲炒麵出現，即刻扔下小費逃之夭夭，好在普希金咖啡室就在旁邊，又吃了一餐，而且菜式沒有重複，除了伏特加。

「這家餐廳，是不是普希金故居改裝的？」友人問。

完全沒有關係，大概四十多年前，有個叫 Gilbert Becaud 的法國小調名歌手，跑去莫斯科演出，回到法國後他寫了一首《娜塔莉》（Nathalie）的歌，獻給他的翻譯娜塔莉，歌詞是：「我們在莫斯科周圍散步，走進紅廣場，你告訴我列寧的革命名言，但我在想，我們不如到普希金咖啡室去喝熱巧克力……」

這首歌膾炙人口，大家都想去莫斯科的普希金咖啡室，到了一九九九年，有個餐飲界奇才叫 Andrey Dello，把它創造出來。店名是虛構的，但食物將古菜譜細心重現，真材實料。

有興趣的話可在網上找，http://www.cafe-pushkin.ru/，而娜塔莉這首歌，也能在 Youtube 中看到原版。

亞洲

杜拜之旅

忘記這是我第幾次來過杜拜了，最初只是轉機，順道一遊，都市還未成形，後來又專程來拍電視特輯、帶團旅遊等等。此行是與友人到希臘小島，他們沒來過，也就順大家意停幾天，想不到回程遇香港颱風「天兔」，被迫一連住了兩晚。

上回在所謂的七星帆船酒店下榻，印象極壞，根本沒有這種評級，旅館最多是五星罷了，六七粒的都是自己安上去，沒人公認。

房間不豪華嗎？絕對不是，浴室中的Hermes化妝品都是一大罐一大罐，在外面買的話算起來最少已千多兩千元港幣。討厭的是一進大堂侍者就排成一大排，又遞冰凍毛巾、熱茶水、朱古力和一大堆蜜棗。進房間後再送上吃的喝的，問長問短不願走，每個人十塊錢美金小費，幾天住下來，這筆錢襟計。

一切都是用錢堆砌出來的，假得要命，說是水底餐廳，要乘潛水艇才能抵達，也不過是放映水中影片的窗戶罷了。

好在，這一趟，入住世界最高 Burj Khalifa 大廈，俗稱哈利法塔。有一百六十二層，總高八二八米，比台北的一○一還要高出三百二十米，韓國人建造。在沙漠中起那麼一棟高樓，也實在服了韓國人，但也被外國人譏諷為巴比倫塔，你也知道巴比倫塔最後的結果是如何。

在哈利法塔的第三十七層以下，建立了世界首家 Armani 酒店。最初以為會像帆船酒店那麼豪華奢侈，下榻後才知樸樸實實，摒除了所有干擾客人的壞習慣。裝修也在平凡中見高貴，一切用具當然是大都市中的亞曼尼傢俬店見到的東西，住得很舒適的。

友人成群結隊地乘電梯到最高層瞭望，我沒有興趣，知道沙漠中經常有風暴，整個都市被風沙籠罩，不去也罷。他們也甚麼都看不到，失望而返。

到過幾家餐廳，都吃不到特別的，近年經濟低迷，各種建築都停了下來，名餐廳的分店也是客人零丁，反而是到了一家黎巴嫩人開的，叫幾客生羊肉還吃得下去，但苦了一些怕羊的友人們。

生羊肉的做法並不是切成一片片，而是用攪拌機打成糊，是我們這些羊癡才吞得進口，最後也剩下幾碟，請餐廳拿去烤一烤，但做出來是無滋無味的。

白天觀光，導遊是個愛國分子，遮掩不景氣的事實，說那棕櫚島的豪宅賣得很好，我們讀國際新聞的，都知道滯銷，買家都等着放手。

在另一頭又新開了世界最大的酒店亞特蘭蒂斯，說有好幾千間房，要是中國人開的話一定不會取這個名字，因為亞特蘭蒂斯是沉在海底的。

裏面有世界最大的酒店水族館，在杜拜，甚麼都要世界最大才甘心。而世上最豪華的，莫過於浪費最大量的水，在這個終年不下雨的國度，海水化淡是最高的消費，到處可以看到噴水池，又有水喉噴水到樹葉上，才能看到綠色。

世界最大的黃金市場也在這裏，我上次去過，看到用金線打出來的衣服，這回也不肯再去了。古董店賣的都是假東西，我們住的酒店內也有大到走不完的商店街，還是省下氣力，在酒店做做水療算了。

如果說在當地購物，最可觀的還是機場的賣酒商店，在那裏可以找到多瓶陳年單麥芽威士忌。友人都是名酒專家，與其他城市或機場的價錢一比，還是貴出許多，但奇貨難找，還是值得買，反正過幾年一定變為便宜，好酒是喝一瓶少一瓶的，不像鑽石那麼持久。

第三機場是世界最大的單一建築，專門建來給 A380 飛降。我們這次來的是普通機種而已，但頭等機艙是用套房為名。所謂套房，是個可以用電動門來開關的一個龐大的空間，裏面當然有迷你酒吧，但最過癮的是一關門，沒人看得見，可以脱光光睡個大覺。

候機室也極其豪華，食物都是一般，可貴的是登機門就在裏面，不必再走出去，一進門就到登機閘口。

雖然甚麼都有，但我們回程遇到颱風，本來可以在裏面做按摩或睡覺沖涼，好彩堅持住酒店，阿聯酋安排的 Marriot，以為只是四星罷了，到達後才知也是又大又豪華，有好幾家餐廳，先在半夜也開着的法國餐廳醫肚，但東西還是難吃到極點。

住一晚就走，將就一點吧，哪知第二天也飛不了，又得留下，吃甚麼呢？阿拉伯菜已不敢領教了。這次出門，從杜拜飛雅典，乘船遊希臘，回來再去伊斯坦堡住幾天。大家走後，我又和友人飛到波蘭華沙去吃東西，全程已二十二天，一餐中國菜也沒吃，算是厲害。見 Marriot 中有間泰國菜，直流口水，可惜當晚被包場，只有找到酒店中的印度菜。

哪知，是家倫敦的印度菜名餐廳的分店，點了四種菜，竟然是我人生中吃到最好的印度菜，終於，在杜拜留下最好的回憶。

不丹之旅

不丹，和台灣一樣大，七千二百平方公里。一個打橫，一個打直。人口，台灣二千多萬人，不丹只有七十萬。

有樹木最茂盛的國家之稱，法律上每砍一樹，必得種上三棵樹來抵償，但一路上看的還是枯枯黃黃的感覺，永不像台灣那樣，整座山都是綠色的，這都是親自觀察、比較，才得到的結果。不丹，像不像外面傳聞那樣，是全球生活快樂指數最高的一個國家呢？

我們從赤鱲角起飛，經曼谷，轉乘「雷龍航空」的不丹機，中途還停了一下孟加拉加油，才抵達這個山城。說是山城，不如說山國，不丹整個國家都藏在山中，從一處到另一處，非得經過彎彎曲曲的山路不可，唯一平坦的道路，也只有Paro機場的飛機跑道。

Paro是唯一和外界接連的機場，國內也有航機，從西至北，班次極少，跑道在山與山之間，降落時有點像從前的啟德，以高山代替了大廈。

踏入不丹，就會發現空氣並不如傳說中那麼稀薄，不像去了九寨溝患上高山症。不丹沒有問題，大家想去的話，也不必擔心那麼多。

要注意的反而是看你會不會暈車，馬來西亞的金馬侖高原那段路，和不丹的山比起來，簡直是小巫見大巫。我們在不丹這八個晚上九個白天的旅程中，在車上過的時間真多，不停地搖晃，剛想睡上一刻時，即搖醒，怕走山路暈車的，還是別去了。

從 Paro 機場到第一家酒店，位於首都 Thimphu，雖說只要一個半小時，也坐了差不多兩個多鐘的車，那邊的導遊沒甚麼時間觀念，照他所說的加上一半，就是了。

全程入住當地最好的安縵酒店，每兩晚換一家。大堂、客廳和餐室各不同，房間的格式倒是差不多的。這系列的酒店有一特點，就是一眼望不到，總是要經過山丘或小徑才能抵達，像走進一新天地。

建築材料盡量用自然的，石塊堆積的廣場、原木的地板、一片片的草地，襯托着遠處的高山，巔峰積着白雪。直插入天的老松樹。

窗花不規則，太陽一升起，在白牆上照出各種花紋，仔細觀察，像一部經書。這些情景不能用文字形容，我拍下照片放在微博上，各位網友看了也驚嘆說和梵文一模一樣。

這一家一共有十一間房，再下去的兩個酒店只有八間，最大的在Paro，有二十四間。舒服的大床，浴缸擺在中間。最有特色的是個火爐，有燒不盡的松木，不丹早晚溫度相差甚遠，晚上生火，相當浪漫。其他設備應有盡有，就是不給你電視機。

下午活動可到鎮上一走，所謂的鎮，不過是幾條大街，佈滿貨物類似的店舖，如果你覺得不丹是落後的，那麼你不應該來，到這裏，就是要找回一些我們失去的純樸。

吃飯時間，先有喝不完的雞尾酒。傳說不丹禁酒，其實沒有，機場也賣，還有當地白蘭地、威士忌和啤酒呢。前二者試過，不敢恭維。啤酒有好幾種牌子，最濃也最有酒味的叫二萬一 Twenty one Thousand，不錯。

三餐酒店全包，吃飯有不丹餐、印度或泰國餐及西餐的選擇。雖無中菜，也不感吃不慣，反正有白米飯，配一些咖喱，很容易解決。到了這裏，不應強求美食。

翌日上午到一間廟走走，下午安排了一個散步活動，在平地上走個三小時左右。這是讓你熱身的，再下去就要爬山了，運動量很大，體力不夠的人還是別參加，不然會拖累同伴。來不丹，應該乘年輕。

再睡多一夜，就往下一個目的地 Gangtey 走，綿延不絕的山路，彎轉了又轉，何時了呢？問導遊，回答說全個車程六個小時。喔唷，那就等於九個鐘了，不會走那麼多路吧？一點也不錯，連休息，一共是十個小時以上，要了半條老命。

沿途的風景相當的單調，無甚變化。偶爾，在灰黃的山中，還看到一些大樹，長着紅花，應該是屬於杜鵑科。杜鵑在不丹的種類最多，可以在路經的國家植物園中看到數十種。

為了破除路途上的納悶，我準備了很多零食，嘉應子、甜酸梅、薄荷糖、陳皮、北海道牛奶小食、巧克力等等，又把長沙友人送的綠茶浸在礦泉水中過夜，十多小時後色香味俱出，可口得很。我不知丹寧酸是否過度，也不管那麼多了，用紙杯分給大家喝，我自己則用那 Tiger 牌的小熱水壺泡了一壺濃普洱，慢慢享受。

為了趕路，也不停下來吃午飯，酒店準備了一些俱樂部三文治，糊裏糊塗吃了，車子不停的搖晃，坐得愈來愈不舒服，也只有強忍下來。

到了一處，導遊説前面的山路要爆大石，可得停下來。問等多久，回答半小時。唉，有一小時沒事可做了，正在發愁，導遊果真細心，拿出一張大草蓆，鋪在石地上，另外從座位取出枕頭來。

前一晚沒有睡好，又已經八小時車程了，看到那平坦的地面，不管多硬，就那麼躺了下去，果然睡得很甜。如果在這種環境能夠入眠，還有甚麼地方不能睡呢？

Gangtey 處於一個山谷之中，周圍也沒有甚麼好看的。此地盛產薯仔，大大小小的各個不同種類，喜歡馬鈴薯的人一定會高興。但我一向對這種國內叫為土豆的東西沒有好感，怎麼吃，也不覺得味道會好過番薯，當晚的薯仔大餐我可免則免，見菜單上有鱒魚，好呀，即點。

一路經過的清溪不少，魚也多，一定不錯吧？一吃，我的天！一點味道也沒有。原來不丹人不主張殺生，一切肉類，包括魚，都是冷凍由印度進口，供應給遊客，自己不吃。

要釣嗎？可以，向政府申請准許證，外國人特許，不過我們不是來釣魚的。

酒可以喝，煙就不鼓勵了。抽的人不多，年輕人去印度學壞了，回來照抽不誤，但會遭到同胞白眼。至於大麻，當今不是季節，否則到處生長，很多遊客自採，像吃刺身燃燒吸之，政府也管不了那麼多了。

從 Gangtey 北上，看整個行程最值得看的廟 The Punakha Dzong，就在一條叫父河和一條叫母河的交界，在一六三五年建立，幾經地震和火災，絲毫無損。寺廟的宏偉令人讚嘆，巨大的佛像安詳，皇族的婚禮都在這裏舉行。大廟中幾百個僧侶一起敲鼓打鐘之聲音也攝人心魂，在這裏的確能感受到密宗的神秘力量。

看完廟後，酒店依照我們的要求，在河邊設起帳篷，來一個燒烤。一切餐具都是正式的，喝酒玻璃杯，吃東西瓷器碗碟，這個野餐真是不錯，要不是蒼蠅太多的話。

餐後，酒店員工們設起不丹的國技射箭，他們的弓是用兩枝木條拼成，得用相當的力量才拉得開，箭拋弧形地向上發出，不容易掌握。模式和工具不同，又沒有大量經費支持，這個國技至今還打不進奧林匹克。

Punakha 的安縵酒店是由一座西藏式舊屋改造，當年是貴族居住的，建於山中，我們得爬過吊橋，再乘電動車才能抵達。環境優美，房間舒暢，為最有特色的一家，雖然和 Gangtey 那家一樣，只有八間房，但這裏的有氣派得多。

不丹是一個山國，老百姓住在哪裏？當然是山中了。看到一間間的巨宅，根本就沒有路把建築材料運到，全部要靠人工揹上去，可見工程之浩大。

那就是貴族或地主生活的地方，一般人只有建在公路旁邊，但也得爬上山，沒那麼高就是。這一間那一間，雖然簡陋，但有這種小屋居住，已算幸福。

電視的接收，令到人民對都市的嚮往，地產商腦筋最靈活，開始築起公寓來，所謂的公寓也不是很高，七八層左右吧。因為國家的法律，所有的窗門還是要依照不丹式建築，這一來把西方高樓和不丹低層樓溝亂了，變成非常非常醜陋的樣子。但很多人都想湧進去住，大家擠在一起，買起東西來方便嘛，小社區就那麼一個個地出現了。

我們的最後一站，折回有機場的Paro，經過用針松葉子鋪成地氈的小徑，又聽到流水，就到房間。

我把從香港帶去的即食麵、午餐肉和麵豉湯全部拿出來，大家吃得高興。

來Paro的目的是爬山，最著名，也是最險峻的「虎穴（Tiger's Nest）」就在這裏。雖然設有驢子可以騎，但只到一座山上，另外還是要靠自己爬上爬下，才到達其他兩個高山寺廟，不是一般人可以吃得消的。

真的值得一看嗎？也不見得，爬了上去，再不好看也說成絕景了，而且這裏的空氣，也不是特別的清新。通常到一個山明水秀的地方，我們都會感受到的靈氣，在不丹是找不到的，一切都被旅遊書誇大了，這也許是我個人的觀點。

如果你是一個購物狂，那麼導遊都會勸你，在別的地方別去找，去到 Paro 才有東西可以買，而買甚麼呢？一般遊客都會選一些帶有宗教神秘色彩的手工紀念品，精一點的購物者就會去找冬蟲草了。

這裏賣的比西藏還要便宜三分之一，我們都不是中藥專家，貨好不好也分辨不出，價錢更是不熟悉，當然不會光顧了。

沒有特別想要的，在一家家的工藝品店找找有沒有賣手杖，買一支給倪匡兄，找來找去，都不像樣，有些還是大陸做的木雕花杖。走進一家小店，店主聽完之後拿出一支。

一看，是樺枝杖，樺樹我們看到的是白樺居多，不丹有紅顏色的，還很漂亮，樣子又自然，預算四五百塊也可以出手時，店主說：「送給你。」

不行呀，又沒買甚麼，不要緊，不要緊，本來是買給父親用的，但老人家一看到手杖就搖頭，放在店裏也沒用，就給你吧。

真是感謝這位好客的古董商。

幸福嗎？不丹人。

聯合國調查中，列為全球幸福指數最高的居民，臉上笑容不多，失業人數還是高的，在山中的生活並不容易，看見一位年輕媽媽，揹着已經長大的兒子，還要爬上山去，臉上的表情，是無奈的。

重訪印度

「不可思議的印度（Incredible!ndia）」，在二〇〇二年由O＆M公司的創作總監U Sunic和印度旅遊局的Amitabh Kant合作，拍出一系列的優質廣告宣傳印度，得到意想不到的成果，第一年播出，遊客增加了十六個巴仙，別說不厲害。

最怕貨比貨，印尼抄襲的Wonderful Indonesia簡直慘不忍睹，沒人記得。而Incredible!ndia的印度第一個英文字母India改成感嘆號「！」，更是神來之筆，令人過目不忘。

我已經記不到去了印度多少次，從年輕的背包旅行，經電影的拍攝，到享受人生的旅行團，印度對於我已不新鮮，這回幾個志同道合的友人同遊，又有私人飛機，就當成休息幾天，欣然同行。

第一站是泰姬陵，因為有些朋友是普通簽證，有些是電子簽證，印度至今還要求所有遊客要有簽證，政府的收入可以多一點，只能先從一個叫Kolkata的地方進入，而 Kolkata 在哪裏？其實就是加爾各答，從前的 Calcatta。

去泰姬陵最好直飛軍用的 Agra 機場，航班雖然少，也別從加爾各答或孟買進入，車程各需五六小時，相當不愉快的不是舟車勞頓，而是一路上看到的頭破血流的車禍發生，或路旁沒人殮葬的屍體，影響歡樂的心情。

從小得不能再小的 Agra 機場，很快就到我們入住的 Oberoi Amarvilas，這家酒店在九年前住過，整間用褐色和白色大理石裝飾得豪華瑰麗，經那麼多年，一點也沒變，這是用料好的結果，不像一些內地的，兩三年已經殘舊不堪。在露天咖啡座或室內餐廳的窗口，都能遙望泰姬陵，也有電動車接送，兩三分鐘便抵達。

我們放下行李即去，這是我第四次來到，泰姬陵不變，但吾老矣，也許不會再來。此回分兩天看，一天是早上的，一天傍晚的，大理石的顏色依時間不斷變化，有時白，有時紅，有時金黃色。

因怕恐怖組織破壞，守衛已經相當森嚴，晚上也不開放，不像從前可以在月圓的夜裏參觀，也可以減少情侶的分散。據傳說，到底是一個墳墓，始終不祥，月圓最美，也一定會離別。

這回有足夠時間，還去了阿格拉古堡，這是撒嘉漢的皇宮，也是他被兒子囚禁的地方。這位大帝花盡人民血汗為妻子建立了白色的墳墓之外，還要替自己建一座更美更大的皇陵，兒子只好把他軟禁起來，我們看到他被金鏈鎖着的臥室，七年之中，他只能天天望着泰姬陵，最終憂鬱而死，令後人不禁唏噓。

感嘆當年建築的神奇，牆壁地室挖空，灌入冷水，降低溫度，這才叫真正會享受。但水還是要喝的，來印度之前大家都警告：不可喝當地的水，就算早上漱口，也得用礦泉水。

記得九年前我們的旅行團來泰姬陵時，也帶了好幾大箱的 Evian，但住的酒店都很乾淨，根本不必擔心，結果都送給了當地兒童，這回我照喝酒店供應的水。嫌味淡，把自己研發的玫瑰羅漢果茶包塞進去冷泡，又微甜又有一股清香的花味，有意想不到的效果。

住了兩個晚上，第三天飛齋普爾 Jaipur，安縵酒店的管家已來機場迎接，我叫他先帶我們去看「風之宮」。整個齋普城是粉紅色的，當年土皇帝最愛這種顏色，在一七九九年建了一座五層樓高，又有九百五十三個小窗口，類似蜂巢的粉紅色大屏風。

傳說這些窗口造來給妃嬪們望出去，而不讓平民看到他的老婆樣貌，但是這並非主要目的，整座建築是用來擋風，風沒有其他地方穿越，就從這些窗口穿進去，變成強烈的氣流吹進後面的皇宮裏，故有「風之宮」之稱。在沒有冷氣的當年，這都是設計家為當權者想出來的玩意。風之宮用紅色和粉紅沙岩砌成，在清晨日出時分和晚霞的金色光芒照耀下，蔚為奇觀。

中午我們去了Rambagh Palace Hotel吃午餐。這家由土皇帝宮殿改裝的酒店，和其他同類的比較，算是簡陋了，但還不失當年的氣派，尤其是餐廳，裝修得豪華無比，我們這一餐，是在整個印度行程中最好的。

吃些甚麼？到了印度，當然是吃咖喱，這也只是一個統稱，乾的叫馬沙拉Masala，而濕的就叫咖喱了。而香料，基本上是防腐劑，印度天氣熱，平民們一天只能做一餐，食物很容易變壞，這些防腐劑在沒有冰箱的日子中，就是救星。

香料包括了辣椒、辣椒粉、薑、南薑、丁香、肉桂、茴香、肉豆蔻、黑胡椒等等，把油燒熱了，放進切碎的洋蔥，再把這些舂碎的香料加入，炒香了，加肉和蔬菜，就煮成馬沙拉或咖喱。一般最後加水，去到東南亞，像馬來西亞或泰國，用椰漿代替水，味道就更香了。

從齋普到我們將下榻的安縵酒店Aman-i-Khas，管家說要三個小時，我一向不相信當地人說的距離，心中打算要是四個小時能抵達就好，後來發現竟然走了近五小時。

為甚麼要去這家酒店？要去看 Bengal Tiger 孟加拉老虎呀，當今在 Ranthambore 國家公園裏，還有幾百頭野生老虎，受到政府保護，才能生存下來。

山路崎嶇，彎彎曲曲，車子搖晃得厲害，一路上我們看到很多輛大卡車，被改裝成一排排的座椅，每輛可以坐三十人左右，安縵酒店的管家說我們明天會改乘這種車進入森林看老虎。

終於到達酒店，是在森林中搭了十三個帳篷，十個給住客，一個是餐廳，一個是圖書館連小賣店，一個給經理，其他十個大小一模一樣，有十二呎乘十二呎大，裏面一切設備應有盡有，相當舒適，但比起其他安縵酒店，這一家算是最簡陋的了。

晚餐在帳篷餐廳內胡亂吃了一餐，第二天大夥磨拳擦掌去看老虎。

老虎我看得多，從前來印度拍《猩猩王》時整天與老虎為伍，當地的兒童也圍了過來看，我問馴獸師：「老虎喜歡小孩子嗎？」

「喜歡。」他點頭，跟着說：「當食物。」

後來又去泰國拍李翰祥導演的《武松》，本來那隻老虎很聽話，但要拍的時候張牙舞爪要吃人，原來是懷了孕，戲差點拍不成。

大家出發了，我留在酒店好好休息，雖然有游泳池，但也沒興趣，在帳篷外曬太陽、看書、上網。在森林中散步到酒店的菜園，這裏種了不少時蔬，供應我們餐飲。

偶爾，孔雀從頭上飛過，這裏養了很多隻，但都不聽話，不開屏。時間過得很快，大家回來了，興奮地説看了老虎，還有花豹呢。

晚上我們在樹林中野餐，酒店開了一個大派對，爐中燒着烤肉串和麵包，印度人是不吃牛肉和豬肉的，只有雞和羊，我不喜歡吃雞，只對羊有興趣，但都燒得沒甚麼味道，只有靠香料來提升。

住了三個晚上，有點單調，接着又乘四至五小時的車到另一家安縵 Amanbagh。

一路上，兩旁的山石奇形怪狀，樹也彎曲，長出紅色的花，問導遊這是甚麼名字，他回答是「Flame of Forest（樹林中的火焰）」。花朵有我們的紅棉那麼大，延綿不絕，都是這種花，而風景也愈來愈怪，有點像到了另一個星球，前面的路好像是沒有盡頭，我們都笑說，這就是安縵的特徵了，永遠是開在「不毛之地（Middle of Nowhere）」。

終於轉進一條小路，前面就是Amanbagh了，這家由從前土皇帝狩獵的行宮改建的酒店，有世外桃源的感覺，巨大的泳池，一間間皇宮式的建築。走了進去，分左右兩座，左邊的是臥室和客廳，右邊的是浴室和衞生間，各兩套，男女不必爭着用，也是安縵的特點。

打開落地窗，後院有私家游泳池和花園，服務員說窗門要關緊，否則猴子會走進來和你共浴。

日間活動有參觀古廟和廢墟，老虎已看過，可以不再去，另有料理教室，大廚帶你走到他們的私家菜園，選自己喜歡的蔬菜，然後帶你去一間土屋。

裏面有繩織的床，我看了很親切。小時有位印度司機，空手來我們車庫後即刻拿了木頭搭架，再用粗繩織成床，再生個火當廚房，就那麼生活起來，我常到他那裏去玩，睡過他的繩床，非常舒服，現在躺在這張繩床回憶起來。

土屋有小廚房兼餐廳，師傅教女士們煮了幾個菜，我只是旁觀，最後用他們的米飯加雞蛋炒了一碟飯，大家久未嘗中國菜，吃得津津有味。

可以講講我們這次印度之旅吃的是些甚麼，從早餐説起，我最喜歡的是Dosa，這是在大平底鐵片上倒了麵漿，煎出大型的圓餅，每塊有二至三呎直徑，裏面可以加薯仔或洋葱，最後捲起來吃。

在馬來西亞也可以吃到沒有餡的Dosa，煎得更大，有三呎高，淋上煉奶當甜品，這次在印度還吃到迷你型的，在圓底的鍋煎出來，當成碗，上面再打一個雞蛋，我打了兩個，蛋黃像眼睛一樣望着你，名叫Appam。

另有一種用碎米做的蒸餅叫Putu，蘸椰漿吃特別香。煎炸的Vada，是一種像洋人的甜圈，不是太好吃。

數不盡的咖喱和馬沙拉，吃多了單調，我近年來食量已小，而且很多花樣都試過，變成國內人所説的主食控，只要有米飯就滿足。印度餐中，永遠吃不厭的是他們的Biryani了，有雞有羊，我只選羊。

做法是先將羊肉加香料燉得軟熟，混入印度長條米飯Basmanti，放進一個陶缽中，然後用麵包封着缽口，再放進烤爐中焗出來，吃時把麵包揭開，掏出香噴噴的飯來，有此一味，滿足矣。

至於飲品，印度啤酒名牌是Kingfisher，但早餐也不能一直喝酒精，最喜歡的是他們的Lassi，那是一種酸乳，可以喝甜的或鹹的，也能加入玫瑰糖漿，混出粉紅色的飲品。或者，辣的東西吃多了，要用木瓜來中和，印度木瓜當然比不上夏威夷的，就那麼吃味道普通，打成漿混進Lassi中，極佳。

印度也是一個喝茶的國家，最有特色的是馬沙拉茶Masala Tea，混入各種香料和薑汁，最特別了。

地中海

希臘之旅

從杜拜，我們飛希臘首都雅典，全程五個多小時。

這趟是選了一艘叫 Tere Moana 的郵輪，原因是對它的姊妹船 Paul Gauguin 印象極佳。上次去大溪地乘過，船不大，坐約一百人，可以停泊在希臘的各個小島，像美國大公司的怪物，就靠不了了。

在雅典停了幾天，於雅典國會前的廣場酒店下榻，是市中心，出入也方便。從旅館高層的露天餐廳，就能直望 Acropolis 的古蹟。人家以為是神殿，其實是圍牆的遺址，日出日落，把這個雅典的地標照得極美。

第二天就爬上去看個仔細，它在山上，好像不易攀登，但車子可以到達山下，慢走的話，不算辛苦，整個希臘也只剩下它保留得最完整。希臘政府雖窮，也不停地洗刷，真不知道為甚麼要這麼做，舊就讓它舊吧，我們不是來看新的，要維修也得讓經濟好的時候去做。

很難想像它是公元前六世紀建的，大理石的巨柱，是一個個圓形的石雕疊上去，那種建築模式影響了古羅馬，也被整個歐洲和美國抄襲。

來到雅典也只有這座衞城值得看，如果有人叫你去海神神殿，那得坐好幾小時車，建在海岸上，只剩下幾根柱子，只有失望。

還是關注希臘人現代的生活是怎麼過的。每天街上都有示威，幸好我們走先幾天，不然遇上全國大罷工就倒楣了。為甚麼那麼愛遊行？不必工作嘛，示威當成有薪假期。

政黨為了討好人民，這一派減少一個工作天，那一派為了要贏，再減少一天。當今人民每星期只需要做三天半的工，政府不破產才是怪事。

到了晚上，大家照樣聚集在廉價餐廳，擠滿的客人，也不一定全是遊客，灌啤酒，吃塊比薩，歡樂了整夜。我們走進不少著名的餐廳，沒有一頓留下特別的印象。

希臘菜不是燒就是烤，就連在 Tlc 看到的美食節目，也並不特別誘人，大量的蔬菜，淋上橄欖油。海鮮也多，八爪魚尤其受歡迎，也不奇怪，他們的八爪魚品種不同，不管怎麼做也不太硬。

好吃的是堅果，到處販賣，開心果最爽脆，還有剛應節的核桃，是柔軟的，可當水果吃。如果你對這些有興趣，那麼雅典的菜市場絕對可以走一走。不然，有條古董街，舊傢俬賣得十分便宜，其他說甚麼從海底打撈出來的古物，沒有一樣是真的。

國會前，每小時有一次的守衛交更儀式。衛兵們穿的制服沒有一點希臘味，戴的帽子更像土耳其人的，鞋子前面有個大繡球，看起來像唐老鴨女友穿的。更換的步伐緩慢，一點也不威嚴，只覺滑稽。

我們還去看可以坐幾萬人的奧林匹克運動場，新建的，也就那麼一回事，不如到 Herodes Atticus Theatre 劇場，還可以發懷古幽思。

總而言之，雅典是個乏味的都市，要真正接觸希臘，也惟有航行往小島去。

Tere Moana 號雖說小，也有五層，上船後依慣例有歡迎酒會，以及免不了的預防意外演習。餐廳有三間，全場禁煙，但也有一處允許，船長問有多少個煙客，舉手的也不過五指。當今，吸煙人的確減少了。

安頓下來後，傍晚出航，沿着海岸線的關係，也不搖晃，晚飯在意大利餐廳，飲食當然豐富，但不是甚麼值得一提的，外國人有句話，說沒有可以寫信回家報告的。

我們此行會停以下各處：希臘的 Delos、Santorini、Rhodes、Patmos 及土耳其的 Kusadasi、Canakkale，最後在伊斯坦堡上岸。

「這就是愛琴海嗎？」我無知地說：「和地中海有甚麼分別？」

「問得好。」主管娛樂的英國人 Tom 回答：「愛琴海就是地中海的一部份，希臘人都稱為愛琴海，聽起來也浪漫一點。」

如果你去過那麼多希臘海島，回來之後一定會搞得不清不楚，但是希臘人說，那麼多島，總有一個讓你愛上的，你只要記清那個就是了。

我們第一個停的叫 Delos，之前已安排好有私人導遊和各島的專車接送，乘郵輪時這個錢絕對不能儉省，一定得花在這種叫 Private Excursion 的私家導遊團上，否則細節說得不夠清楚，玩得也不盡興。

Delos 除了考古學家之外，並無住民。這個古代的商業都市已完全荒廢，但可以從許多古蹟中看到它當年的繁華，商店、別墅、劇場、妓院，應有盡有。公元前三世紀已有排污設施，較許多當今落後的村莊還要文明得多。

導遊一一解釋，同船的美國人，跟着大夥參觀，看見我們的待遇頗感不平，向我們問為甚麼你們有我們沒有。本來對着這些鄉下八婆可以不瞅不睬，但當她回船還向職員抱怨時，終於忍不住，向她説讓你嫉忌到死為止。中文不夠傳神，英語作 Eat Your Heart Out！

那麼多的希臘小島，最受遊客歡迎的，大家公認是聖托里尼 Santorini。從郵輪望去，只見懸崖峭壁，山頭被一層白雪蓋住。

原來這是重疊看的房屋，被藍天襯托着。希臘建築，全是藍色屋頂白色的牆，有如它的國旗，只有藍白二色。

遊覽車依着彎曲的山路，爬上頂峰，看了下來，只是藍白二色的房子和永遠的青天白日，希臘一年之中只有數天下雨，如果你遇到陰天，那是中了彩。

這個島教堂最多，他們信的是 Greek Orthodox 希臘東正教，印象中是一堆戴頂圓帽，留着大鬍子，手提香爐的傳教士不停地唸經。所建教堂和天主教基督教也完全不同，在聖托里尼，大家記得是一個頂上有三排大鐘的。第一排一個，第二排三個，第三排五個，當然又是藍頂白牆，這一點永遠不變。

聖托里尼的村子建在山峰上，得一路爬上去，你如果體力不夠，可以騎驢，有一隻在胸口掛着一個牌子，寫着 Taxi，真夠幽默。

從山峰上望下，有許多別墅和咖啡館餐廳，還有藍色的游泳池。繼續爬崎嶇的山路，不少手工紀念品店，各有風味，並不千篇一律。又看到一個風車，已沒葉，剩下骨幹。各處，還有不斷出現的貓。

聖托里尼的貓最多了，很多人還出版了各種不同版本的貓書。貓、藍頂、白牆，成為不能磨滅的印象。

另一處，是繁華的購物街，從香港去的遊客，也沒有甚麼看得上眼的紀念品，乘了纜車下山返船。

船上餐廳的東西，幾天下來也吃厭，我們這群旅行老手知道怎麼辦，第一天就塞一百美金給餐廳主管，另又給總廚充足的小費，就甚麼都容易說了。在島上我們看到市場中的蔬菜就買下，返船後交給廚房，請他們用雞湯煮了，當晚就有中式菜湯喝，自己又帶了一大袋的榨菜、拉麵和醬油，不愁吃不好。

餐廳當然沒有甚麼好酒，當地的 Ouzo 飲不慣，大家都愛喝單麥芽威士忌，各買數瓶佳釀。從傍晚就開始，用在雅典買的開心果，大喝起來，到了晚餐已醉，差一點的食物也變成佳餚。

又去了另一小島，還是藍頂白屋，地方是留不下印象，最重要的還是人。在

Rhodes遇到的導遊年輕漂亮，她不斷地提到安東尼·昆在這島上拍了一部叫《六壯士》的電影，這個島，應該叫安東尼昆島。

按照希臘人說的，那麼多島，一定有一個值得愛上的話，我喜歡的，叫Paros，而令我愛上的，是導遊Val。

Val，就叫阿維吧，不是希臘人，而是來自德國，德國和希臘有很深的關係，居住於德國的希臘人也不少。阿維年輕時來到這個小島，就不回去了。

年紀應該有五十多了吧，烏絲之中有一大撮白髮，樣子長得和Venessa Redgrave一模一樣，長年不用化妝品的關係，皮膚已被強風吹得粗糙，虎牙有一根剝脫，也不去補了。

阿維不像一般導遊，講解的不是背歷史和地理，她說你看到那座教堂嗎?旁邊是另一座尼姑庵，傳說中有一條隧道，是和尚和尼姑一齊挖掘的，不知是誰較努力，應該是尼姑吧。

島上有一座大理石山，生產的石頭最完美，愛神米羅像也是這裏的石頭雕出來的，拿破崙墓碑也是。大理石很容易燃燒，燒出來的石灰用來塗牆，最為平滑，也不會被風沙腐蝕。

當我問那麼多小島，為甚麼你會在這裏留下時，她回答道喜歡島上人民的風俗；死後埋葬三年，挖出骨頭後用美酒來洗得乾乾淨淨，放在一個盒子裏面，再裝入小屋，家族可以住在一起，後人把先人喜歡的東西放在盒中，當成祭品。

阿維自己的家沒有水電，煮食靠燒木材，你知道用不同的木頭，燒出來菜有不同的味道嗎？水呢？自己挖一口井取呀！

在那島上，她帶我們去吃了一餐最美味的，那是用羊的內臟裹成一團，再用腸子綁紮，放在炭上花好幾小時烤出來，再剁成碎片來下酒。

最喜歡喝的是有個A字牌的啤酒，我試了，的確不錯。最愛抽的是希臘香煙，叫Gr，一包有二十五支，我向她要了一根，是土耳其系煙葉，濃似小雪茄，便宜得很。

上船的時間到了，她還堅持帶我們去一個小漁村，曬滿八爪魚乾，有個咖啡店，全是藍色的桌椅，望着藍色的海。

知道我也寫作時，阿維指着山上的一座建築，本來是家很有味道的旅館，當今遊客都去住海邊的，荒廢了。這個島的政府把它改裝成寫作人休息處，供天下的作家，以象徵性的租金長住，只要把自己的作品呈上，就可以申請到住下來的權利。

心中，嚮往。一天，回到Paros來吧，到阿維家作客，吃她做的菜，喝A字牌啤酒，抽Gr煙，聊我們聊不完的人生旅程。

希臘安縵

希臘安縵和土耳其安縵，其實只隔了一個海灣，乘船去的話應該不遠，但我們繞道，飛到希臘首都雅典，再從機場乘三個小時的車，才能抵達。

路途也不悶，會經過一條叫 Corinth Canal 的運河，遊客可以在高處俯望，簡直是將山峰劈開的感覺，兩岸的峭壁垂直，把 Saronic 和 Corinth 兩個海灣連接起來，完全用人工挖掘，不知經過多少世紀，終於在一八八一年完成，總共六點四公里長，七十公尺寬。

但大郵輪通不過，又進入飛行年代，這條運河已失去它的價值，一切都變成了白費，當今只被遊客觀賞，站在上面看時，感受到人類改造自然的力量。人勝天，天也用時間來消滅人的慾望，像埃及金字塔，像萬里長城。

車子繼續走，經山谷、海岸、叢林，零零丁丁，可看到一些民居，再走進彎彎曲曲的山道，坐車坐得屁股有點痛時，問司機到了沒有？到了沒有？到底安縵在哪裏？

「In the middle of no where.」司機説。這句話翻譯不了中文，只能意解為「無人之地」。

安縵酒店一向給你這種感覺，尤其是在不丹旅行時，更讓你走個半天也找不到。當然嘛，要清靜的話，只有遠離人群，走到意想不到的地方。

忽然，在一個望海的山坡上，出現了古希臘的文明，巨大的石柱，宏偉的建築，只能在歷史廢墟中找到的神殿，卻活生生地陳現在你眼前，而且讓你住進去。

安縵 Aman 是梵文的「和平」，而 Zoe 是希臘文的「生命」，Amanzoe 的設計師很巧妙地重現古希臘的建築，但沿用現代技術，將柱樑支撐着屋頂，中間沒有牆壁，一切都透空，中間是巨大的水池，用來把建築反映成兩個，藏在柱旁的是大油壓機，一遇風雨按上掣，就能伸展出屏風來保護。

走進去，大堂、餐廳、酒吧，像和水平線連接，有大露台，讓大家欣賞愛琴海的三百六十度景色，全無遮擋，這麼美的環境，是不應該有任何遮擋的。

我們抵達時已是黃昏，很難用文字來形容這裏的黃昏，它就是與眾不同，黃昏有多種，氣層和地理及溫度的關係，讓這裏的黃昏顯得高貴，而且每一刻都在變化，藍色、黃金、紫色，有雲無雲，我們在這裏看了三天，三天都不同，絕對不是誇大，只有親身感受，才知道這是第一級的黃昏。

為了讓客人看一個飽，設計師造了一個和水池一般高的圓台，像一艘太空船一樣伸進入海邊，台上零零星星的幾張桌椅，先到先得。坐不到也不要緊，大堂、餐廳和酒吧的各個角度觀賞，都是同樣的美麗。

妒忌的人笑了，去這些地方的人，不是新婚，便是瀕臨死亡 For The Newly Wed Or The Nearly Dead，我也是接近了後者的階段，我並不覺可惜，只要讓我感受到這些美景，一切已經不必多說了。

人活在這世上，總希望活得一天比一天更好。今天好過昨日，明天更加精彩。在一生人不斷地努力之後，享受這些成果，一點也不過份，但如果你是含着銀匙出世的，讓你來到希臘安縵，你也不會覺得這份寧靜，所有的夕陽，也不能讓你感動了。

周圍種滿了橄欖樹，地上是一片片的薰衣草，沿着小道便可以走到自己的房間，不叫 Room 而稱為套房別墅 Suite Resort，一共有三十八座，距離甚遠，不想步行的話有電動高爾夫車迎送。

當然每間房都有巨大的私人游泳池，因依山而建，又保留了原來的樹木，花園外那棵老橄欖，至少有幾百年吧，經花園進入大廳，和臥室是相連的，一切越簡潔越透陽光，那張大床舒服無比。

游泳或在花園中讓當頭淋下的大花灑洗個澡，不然就在房外曬太陽。為甚麼其他酒店用的都是塑膠的呢？這裏的麻布大沙發更顯高貴，不然也可以躺在貴妃椅上，白色的墊子套是天天更換的。

來點文化，可到四壁是書的圖書館，或者去酒店的希臘式開放劇院，雖是小型，但音響傳播還是一流的。都不喜歡，去商店購物吧，當然比外邊賣的貴，但來到這裏，你一定不在乎，而且酒店的選擇是最好的。

大游泳池旁邊也可以開餐，你覺得不夠好，可以坐車子到海邊俱樂部 Club House，那裏的泳池更巨型，不然就跳進清澈無比的愛琴海去吧。

好運動的有私家網球場，或讓別人為你運動，這裏的水療中心還有一個土耳其浴室 Hamam，技師一流，當然也有高科技的健身房和瑜伽室。

吃的多是海鮮，可以叫龍蝦等早餐，但我還是喜歡希臘式的飲品，那是將開心果、葡萄乾、芝士和牛奶一齊用攪拌機打出來，濃得像麥片，但不知好吃多少。

有錢也要會花才行，在這裏有別墅出售，三房四房的任君選擇，酒店替你打理，你不在時幫你出租，收費各分一半，嫌路途遙遠的話，可飛到雅典，從機場乘直升機，半小時內到達，你會避開人群，避開狗仔隊，因為有任何生人一來，我們可以從山上看到，買間住住，才叫會花。

土耳其之旅

我們的郵輪，從最後的一個希臘小島啟航，翌日到達土耳其的 Kusadasi，是個大學城，擠滿了年輕人，看到他們的活力，但整個海港並不有趣。

過一夜，再停土耳其的另一港口，叫 Canakkale，這個地名對你來說也許不值得記得，但依照荷馬寫的《Lliad》，這就是特羅依（Troy），《木馬屠城記》那一個。

從古蹟變為旅遊點之後，當然很愚蠢地搭了一隻不小不大的假木馬，又叫些特約的扮演戰士，表演一番。既然來了，看一眼就走。

Canakkale 的另一名勝是 Gallipoli，聽到這名字澳洲人就滿腔熱淚，第一次大戰時死了不少澳洲兵，我們知道此事便是，不必再去看古戰壕了。

如果對購物有興趣的話，這裏有政府資助的地氈學院和工廠，可以買一兩張。見識過各種地氈後，你便會發覺有一家叫 Cinar 做得最精細。

船繼續開，我們在伊斯坦堡上岸。

這個橫跨歐亞的大都市，來過好幾次，最顯眼的是一座大橋，橋的左邊是亞洲，右邊是歐洲，很多人在橋上釣魚。釣魚，好像是土耳其人最大的樂趣。我們是來吃東西。此行十多天下來，我們終於吃到最滿意的一餐，是家叫 Asitane 的餐廳。

在幽靜乾淨的院子裏的橄欖樹下，第一道上的是招牌菜羊肉湯，裏面有煮得爛熟的羊肉塊，加洋蔥、蜜棗和無花果乾，慢火熬出來，湯極濃極香甜，連不肯碰羊肉的朋友也大讚好喝，從此愛上。

再下來是用一個蜜瓜，把肉碎釀了進去，燜熟之後把瓜當成碗上桌，肉碎之中有軟熟的開心果、葡萄乾、小米飯和各種香料。

羊腿是裹在整個麵包裏焗熟的，肉不必咀嚼，溶化在口中。這些都是奧特曼年代遺下的古食譜，那麼輝煌的一個王朝，不可能沒有美食。當今一般的土耳其菜，只剩下肉片重疊後烤出來的 Kebab，真是罪過。好東西不去找，是不知道的，不能憑一兩種便宜食物，就以為是整個文化。

有興趣，可從這網址去發掘：http://www.asitanerestaurant.com

飽飽，就去看名勝了。

聖索菲亞大教堂是個極嚴重錯誤的名字，索菲亞 Sophia 在希臘文中是「智慧」的意思。遊客看到旁邊的尖柱，還以為是回教教堂，其實建築於公元五三七年是間東正教教堂，尖塔是後來加上去，變成回教特徵的。

最令後人驚嘆的是那麼大的一個圓頂，竟然可以沒有柱子支撐！學建築學的人，都要去朝拜。搭這圓頂的並非建築家，而是由希臘科學家 Isidore of Miletus 和理學家 Anthemius of Tralles 計算出來的。

經過回教統治，壁上許多神像都被石灰塗掉，代之的是阿拉伯文字，回教不允許偶像崇拜的，現代人才開始慢慢清理，把多幅聖母和耶穌像重現出來。

四季酒店有一座新的，靠海，近來海邊建了多家，都沒甚麼味道，我們還是決定在舊四季下榻。它由老牢獄改造，樓頂極高，房大又舒適，最好的是從頂樓陽台直望聖索菲亞教堂，每天傍晚在這裏喝酒望日落。

早餐不在酒店吃也罷，可以到海邊的一家叫 Kale 的咖啡店去，這裏的土耳其香腸、芝士、蜜棗和沙律，好過任何大酒店的自助餐一百倍。

要去的地方都在老四季酒店的附近，走路可到。又去購物，在 Cinar 伊斯坦堡的總店中，看見同一條藍色地氈，全絲製成，反光度極強，可以轉變成淡藍色和深黑色，漂亮得不得了。問價，六萬五美金。友人廖先生是位談判專家，先由減稅開始，降至四萬多，再磨完又磨。不買走到附近躑躅，讓店主追來。殺了又殺，我心中認為三萬美金已是值得，但廖先生一直保持笑容，堅持不買。

最後，店主投降，以兩萬三千美金成交。怎麼認為是值得？先由織氈高手算起，每人月薪，最低也應有六百美金吧，織這麼一張複雜的氈子，最少需要四個名匠動工，一針一線，需時十個月，也就是兩萬四美金了，原料不計在裏面，也已回本。但是，最重要的，還是自己喜歡。

店主上前握手道謝，在土耳其，一個不會講價的客人，是得不到尊敬的。

我們又去香料市場買甜品，土耳其甜品被稱為「土耳其的喜悅（Turkish Delight）」，已聞名於世，這裏簡直是甜品天堂，只要你能想像得到的，都能製成。要當甜品師，就像學建築要到聖索菲亞教堂學習一樣，一定要來土耳其參拜。

在香料市場，也可以買到上等的烏魚子，很多人以為只有台灣的好呀，你試試上等的土耳其產品，就見高低。

土耳其除了是甜品天堂之外，也是羊肉天堂，到處都有羊肉肉團的燒烤，但是要吃羊頭，可到專門店去。有一家最古老的，叫 Lale Iskembecisi，地址是：

Tarlabaşı Blv. Tavuk Sok. No:3 Beyoğlu, İstanbul，在一九六〇年創業。

真不能想像一個羊頭有那麼多肉的，用手剝來吃最豪邁。如果嫌羊腦不夠多的話，還可以單獨叫一碟羊腦沙律。至於羊舌頭，就只有羊頭裏那一條了。

土耳其安縵

安縵 Aman 在梵語，是「和平」的意思，而 Ruya 是土耳其話的「夢」，Amanruya 位處土耳其的愛琴海岸，一個叫 Bodrum 的地方。

我們從威尼斯飛去，兩小時左右，目的也是去住安縵，除了首都伊斯坦堡，土耳其沒甚麼值得去的地方，上次從希臘乘郵輪也到過一些鄉郊，都沒留印象。這個 Bodrum 行嗎？未來之前做過詳細的資料搜查，發現也並不太有趣，由它的發音，聯想到 Boredom，是討厭、無聊、煩惱，我們前來的決定，有沒有出錯？

當地已經有完善的機場，安縵一來建築酒店，文華東方也到了，還有杜拜的帆船酒店集團，都紛紛開設這塊度假勝地，沿着海，不停地看到五星旅館的招牌。

安縵一定要和別的不同，絕對不是一看就見，而要經過小路，走入幽靜的環境。到處種滿了橄欖樹，當今五月，是開花的季節，橄欖花細小，沾了手有黐黏的感覺，一點香味也沒有。

建築是根據奧圖曼帝國年代的設計，所有的牆都是用當地赤泥混了大小石塊而砌，成為了粉紅顏色，但這種粉紅，並不悅目，也沒紅磚好看。

住宿當然是豪華舒適的，安縵從不叫Room房間，而以洋亭或帳篷Pavilion稱之，這一家則叫為村舍或小別墅Cottage，一共有三十六家，進入後要經花園小道、石牆、很大的私家游泳池才到客廳與房間，不想游泳的話，有個大陽台，擺着巨大的沙發讓客人乾曬。花灑設於花園，浴缸在室內，大床有蚊帳，裝飾用罷了。

吃東西的地方也有好幾處，另有戶外燒烤。找來找去，咦，怎麼不見酒吧？原來土耳其的這家，是不設的，但到處可叫酒，就連坐在那三層樓的圖書館，也可以變為酒吧，這也是特色之一吧？

也沒有大堂式的餐廳，各個角落一擺上大桌就是私家宴客廳，我們包了一個，當晚友人在這裏慶祝生日，得好好安排。

小鎮中的蛋糕店並不特別，就在附近的文華東方酒店甜品部訂製，去拿之前順便去酒店的土耳其浴室Hamam，較外面的乾淨（安縵只有Spa，沒有Hamam）。在裏面，男的有男大漢，女的有女大漢為客人服務，土耳其浴是出名的，以我的經驗，比舊式的上海浴室按摩擦背遜色得多，但環境倒是土耳其的設計得好，有天窗、有巨石、有蒸氣，中國的至今還達不到水準。

生日禮物也在酒店的小賣部找到，是一套一人一口的細緻玻璃酒杯，一共有二十四個，酒量好的可以連喝幾杯。在店裏也看到一種很特別的，專門用來喝土耳其土炮Raki，像希臘Ouzo的茴香烈酒。酒杯樣子像一個碗，有個穿洞的圓蓋。打開蓋，見碗裏槽中有一圈冰，中間是給你放玻璃杯的，把酒倒入中間的玻璃杯中，這麼一來，就算在炎熱的天氣，也能將酒保持冰涼，見到了可以買回來當禮物，是獨一無二的。

一切準備好了，熄燈，蛋糕捧進來，吃了蛋糕跟着走進三人樂隊，和一位肚皮舞孃。這倒是意外了，從前看過的都是上了年紀，而且相當肥胖，這位舞孃又年輕又漂亮，小肚上一點贅肉也沒有。

音樂開始，從緩慢到劇烈，當舞孃全身搖晃得最厲害的時候，音樂驟然停止，她也一動不動，但可以看到小肚下的肌肉不斷地收縮，這才是技藝的高峰，這才叫肚皮舞。

我們每到一處，必先打賞酒保和大廚，關係打好後要甚麼有甚麼，友人帶去的清補涼煲湯料，到了土耳其才派上用場。請廚房煲了，用甚麼肉？當然是豬骨了，土耳其教律並不嚴謹，看肚皮舞就知道。

酒店的飯吃厭了，可到海邊的小鎮去，那裏有家叫 Orfoz 的海鮮餐廳，老闆叫 Caglar Bozago，做了很多魚蝦蟹的刺身給我們吃，他們的海鮮飯不像西班牙那麼大，拿了一個小平底鐵鍋做出來，一人一份，也可以多叫幾種，大家分來吃。

老闆說要去日本學做壽司，問我途徑，他又不懂說日本話，正規料理學校是去不成的，我只好推薦了可用英語上課的 Tokyo Sushi Academy，網址是 tsagroup.jp。

Bodrum 附近有很多羅馬古蹟，規模並不大，無聊可以走走。最多人去的 Bodrum 市旁邊的古堡最沒有意思，走一圈就可以回來，小城也只是些騙遊客的紀念品，次貨居多，吃個土耳其雪糕就走吧，可惜土耳其雪糕並不好吃，連我這個雪糕怪也嘗了一口就扔進垃圾桶。

如果你是個安縵癡 Aman Groupie，那麼為了收集安縵，也可到此一遊，不然是絕對不值得來的，跳開土耳其安縵，去隔鄰只有半小時的飛行距離的希臘安縵 Amanzoe 吧，那才是安縵皇冠上的寶石。

北非

插畫：MEILO SO

摩洛哥之旅

如果你是一個愛電影的人，不可能沒有看過《北非諜影》（Casablanca）這部片子，從第一次的接觸，你就會記得卡薩布蘭卡這個名字，從此嚮往到此一遊，這個神奇的視像將永遠流傳下去，看你是幾歲中了這個毒而已。

經過多年之後，今天終於專程而來。卡薩布蘭卡在哪裏，怎麼去？先由香港乘阿聯酋到杜拜轉機，我最近都用此航空，它的商務或頭等，都當客人是人，不像其他公司當你是一件普通的貨品，而且票價越來越合理。

從香港坐七個多鐘到杜拜，再乘八小時，就可以抵達摩洛哥的第一大商業都市卡薩布蘭卡了，一共有四百萬人口，溫度晝熱夜寒，典型的沙漠天氣。

我們這次旅行是衝着住安縵酒店而來的，但是這個集團看不上卡薩布蘭卡，沒在這裏開。入住最好的，也只是Hyatt Regency，房間失修，服務沒有水準。

窗口望出，是一個廣場，不新不舊，如果你要找沙漠風情，卡薩布蘭卡絕對沒有踪影。卡薩 Casa 是房子，而布蘭卡 Blanca 是白色的意思，但這裏看不到甚麼白房子。名字的印象，應該來自希臘的聖托里尼一類的小島，房子白得可愛，那是用大理石舂成灰來漆上的，白得發光。

卡薩布蘭卡是西班牙人侵佔了摩洛哥之後才安上的，本來叫亞發，是小山的意思。也不必搞清歷史了，直奔電影裏面的酒吧里克的咖啡室 Rick's Cafe 吧。

一座三層樓的古老建築裏面，開着這間由 Kathy Kriger 這個女人重現的電影遺蹤，但室內裝修和戲裏並不相似，連彈鋼琴的也不是一個黑人。

Kriger 本來在美國大使館工作，九一一後離開政府機構，在摩洛哥留下，忽然有個奇想，要開電影裏的酒吧。消息一傳出後，世界各國《北非諜影》影迷的捐款紛紛殺到，終於在二〇〇四年開成，提供了一個神殿，給愛此片的人來參拜。

是來喝一杯的，食物價錢也合理，吃過之後會發現一般而已，但一般人不在乎，經那麼遙遠的旅程，再不好，也會說好的。越來越覺得電影的魅力是無法抵擋，任何觀眾都想來這裏聽聽《時光流逝》（As Time Goes By），所有影迷都希望奇蹟出現，從門口走進來的是堪富利保加，而在他懷抱裏的是那個不會老的英格烈褒曼。沒有這個希望，你是不會來到卡薩布蘭卡的，而失望之後，你不會告訴別人。

回到現實，既然來了，就去周圍走走吧。當地人最自豪的是哈桑二世清真寺，為慶祝他的六十大壽，動用了二千五百名工人和一萬個畫師晝夜趕工，在一九八九年建成。從外表看來，它並不吸引我，絕對沒有冒犯的意思，回教寺比它宏偉的多得是，而且一走進裏面就會發覺它像教堂多過清真寺，查了一查資料，才知道設計師是法國人。

有一點非讚不可，根據《可蘭經》，寺廟應有三分之二建在水上，這一間是罕有地依足教條做到的。

除了清真寺和里克的咖啡室，卡薩布蘭卡就沒甚麼可看的了，還是談談吃的比較實際。

一大早到街上走，看當地人吃些甚麼，發現最普通的是種麵包，雙手曲指成圈那麼大，一大堆放在小販車上，用一張布蓋起來。客人從中選擇，這個按按，那個捏捏，當今的香港少女看了一定會尖叫不衞生，但是我們這種旅行慣的人，也學着挑選了一個，交給小販。

用把小刀割開麵包，放進一塊芝士，咦，是法國人做的「笑着的牛（Laughing Cow）」牌子。豪華一點，要一個蛋，蛋是很新鮮很新鮮的，殼上還沾着母雞的排洩物。小販把殼打碎，取出焓熟蛋，投進麵包中，再次用小刀亂剁，最後灑上點橄欖油、鹽和肉桂粉，每客十三塊港幣，是豐富的一餐。

值得推薦的餐廳有兩間：炮台上的 Cafe Maure。走進藍色的門就看到一大堆的塔金 Tajine，是陶製上蓋子的爐具，摩洛哥人不可一日無此君。廚房中已燒好一大鍋一大鍋的湯，然後就是用塔金做的菜，最典型的是加橄欖、檸檬和香料的雞，簡直是他們的國食。雞肉黃黃的，但不是咖喱，有另一股獨特的味道，好吃嗎？你喜歡吃雞就會覺得好吃，我不喜歡雞另點了燜羊肉，就美味了。

塔金還可以做小米飯 Couscous，上面鋪了紅蘿蔔和青紅燈籠椒，同行的一位太太吃不慣麵包、羊肉或任何她覺得有異味的食物，只靠小米飯了，我帶了一瓶日本醬油，讓她淋上，才勉強嚥得下。

此餐廳還有一種叫 Ambassadeur 的飲品，是用甜棗、杏仁加牛奶攪成，很喝得過，如果想當酒喝，可加一品克當地的無花果白蘭地，不然來瓶 Casablanca 啤酒，色淡味淡，但有五巴仙的酒精。

另一家是吃海鮮的，叫 Herbori Sterie Bab Agnau，開在橫渡歐洲的碼頭裏面，要經海關關卡才能進入，專門吃海鮮的，卡薩布蘭卡靠海，不吃海鮮對不起自己。

店裏的魚蝦都很新鮮，可惜不是烤就是炸，海鮮也只有廣東人才蒸得好。

翌日出發到馬拉喀什（Marrakech），那才是真正的摩洛哥。

卡薩布蘭卡（Casablanca）像大阪，很商業的現代化，而馬拉喀什就是懷古色彩的京都了。

自古以來，這塊土地是沙漠之中最肥沃的綠洲，傳說是拋顆棗核，就能長出棗樹來。經三個多小時的車程就能從卡薩布蘭卡抵達，有的人更是避開了卡薩布蘭卡，直接由歐洲或中東的都市飛到馬拉喀什來，這裏的一切景色，完全符合你想像中的異國情懷。

最尖端的酒店群紛紛來此設立，四季、文華等，當今許多國際會議都選中馬拉喀什舉行。我們入住了這裏的安縵，叫為Amanjena，根據沙漠泥屋設計，被棕櫚樹包圍，各處都是水池，而在沙漠中，水池是最豪華奢侈的表現。天空一直是藍墨水Royal Blue的顏色，與棕色的房子，反映在大小水池之中。

安縵從不以Room來叫客房，而是用大帳篷或亭子（Pavilion）稱之，這裏一共有三十二間，比創辦人的概念多出兩家。

當然有私家小花園，種着橙樹或檸檬樹，廳、房、陽台、浴缸和私人游泳池等等，置身沙漠，也能得到一切最高級的設施。

放下行李就往外跑，馬拉喀什有全世界最多大牌檔，成百上千的各種飲食攤子，亂中有序，各自經營，各保衛生，甚少磨擦糾紛，不像香港，一聽到「大牌檔」這三個字就非趕盡殺絕不可。

有甚麼好怕的呢？連日本那麼愛清潔的民族也允許小販在福岡市內設立大牌檔，成為景點，這種旅遊資源，政府怎不去培養？

世界的遊客也被大牌檔吸引，他們總認為在這裏吃的喝的都是最地道的，價錢最便宜的，事實也是如此，大牌檔從來不讓客人失望。

當然需要一個強壯的胃，慣於旅行的人，都擁有。我們叫了羊腦、羊內臟、各種海螺、燒雞燒餅，無限種類的果汁，花不了幾個錢。

翌日一早重遊，食物攤多數變為賣土產和食品，女士們最有興趣是讓專家用草藥畫手畫腳，大家都有紋身的好奇，但又不想弄到一生一世擺脫不了，這類臨時紋身最受歡迎了。花個五、十塊港幣，就可連頸項都畫上彩圖，水洗後兩個禮拜也不退色，好玩到極點。

從市集可以步行到古城中的大街小巷，我們最想買的是摩洛哥堅果油 Argan

Oil。

又音譯為阿甘油，果實在每年的七、八月成熟，落地後被婦女收集，必須經過極複雜步驟才能把果肉去掉，再用兩塊石頭夾碎果殼取出仁來，食用的輕輕烤過，化妝用的就那麼生搾出油來。

阿甘油能抗老化和治療燒傷，內服可以減肥和改善肝機能，最初大家聽了當笑話，每一個國家都生產他們的神油，有甚麼稀奇？後來在二〇〇一年《紐約時報》發表了一篇報道，阿甘油即刻變為保健抗老的新寵。二〇〇三年的《洛杉磯時報》更證實阿甘油的效用，大家搶購。熱潮過後，沒那麼瘋狂，我們去買時也不那麼貴了。

有沒有效不知道，但總好過天天在電視賣廣告的日本人神仙水吧？

馬上有用的是加拉巴（Djellaba）帶尖帽的長袍，每件四百港幣左右。摩洛哥中午炎熱，清早和入夜寒涼，罩上這件長袍就搞掂，我看到了一件紅酒色的即刻買下，穿上後拍張照片刊在微博上，眾網友都說像《哈利波特》中的鄧不利多教授穿的。好用不在話下，走在街上，當地人都知道你尊重當地文化，報以感謝的眼光。

古城的大街小巷中，遊客們還可以感受舊時風貌，不像其他都市摻雜了新建築物。造牆似乎是長在摩洛哥人的 DNA 裏，擁有一塊土地必先造四面圍牆來保護自己，統治者建的更高更大，奇怪的是建完牆後，搭支架的空洞不去填平，也許是想留給粉刷時用吧，但為甚麼沒想到盜賊們也可以利用來爬牆而入？

當然先得醫肚，在古城中有家叫 Le Jardin 的餐廳，有個花園，乾淨、舒服，喝咖啡或吃東西都是首選。

地址：**32, Souk El Sidi Abdelaziz, Marrakech Médina**

電話：+212 5 2437 8295

晚餐有家可以介紹，叫 Al Fassia，走進種滿玫瑰的花園，進入巨宅，一群穿黃色上衣的女侍者相迎，摩洛哥服裝袖子寬大，像日本和服一樣，工作時用繩子把袖子綁起來。這家餐廳兼酒店完全由女人經營，食物有家庭式的，也有出名的餅，是用乳鴿肉製成餡的，吃起來微甜，非常之可口，大力推薦。

又有另一種沙律，特別的地方在於醬料和配菜，像韓國的前菜，一碟又一碟，至少有十多二十款，把每一種都吃個清光，讓小碗小碟堆疊成山，有滿足感。

地址：**55 Boulevard Zerktouni, Guéliz, Marrakech**

電話：+212 524 434060

安縵酒店的酒吧都很不錯，我們每到一處飯前必先去喝上兩杯，考考酒保調酒的技藝，已微醺，再去吃飯，有晚在沙漠野餐，有晚在花園的帳幕餐廳中吃烤羊。

外面坐着一個大泥爐，底部生火，把乳羊吊進去，已經焗了四個小時，等客人到達才拿出來，我們當然又是用手，伸到羊腰部位，把周圍的肥肉挖出來大啖，其實烤全羊一定吃不完的，只能選這個部位了。

馬拉喀什，是人生必到地之一。

南非

非洲狩獵記

一年，成龍受環球小姐選美會邀請，到南非去當評判。

美女如雲，成龍印象最深的，還是總理曼德拉。

大賽完畢後，當局請成龍去看野生動物，並答應讓他獵殺一頭，以做此行之高潮。

由首都約翰尼斯堡出發，乘五六個鐘頭的車才在傍晚抵達，當然全無街燈，酒店房間的鎖匙，用的是一管手電筒，倒是相當地進步，以手電筒一照，房間便開啟。

酒店派了兩個管家給成龍，一個黑人；一個白人。第二天他們叫醒成龍，上路去也。

原來這兩名管家是兼司機、導遊及狩獵伴侶，先請成龍乘上吉普車，用被蓋着他的雙腳，以免寒冷的晨曦凍着身體。

經過數小時的路程，來到一片周圍一望無際的原野，黑人管家忽然煞住了吉普車，跳了下來。用手指往一堆排洩物中一插，拿到鼻前聞一聞，黑人管家嘰哩咕嚕。

「有一群豺狼一小時前在這裏經過。」白人管家用南非英語向成龍解釋。

黑人管家手也不抹，跳上車子，繼續尋找蹤跡。

「你要不要親自駕駕車？」白人管家問：「他可以指路。」

成龍一向對開車很有興趣，但望着那駕駛盤，他客氣地笑着搖搖頭。

空中有許多黑點在飛翔，黑人管家又嘰哩咕嚕，白人說：「你真幸運，第一天就可以看見獅子了。」

「怎麼知道的？」成龍好奇地。

「那是禿鷹。」白人解釋：「禿鷹出現，一定是在等猛獸吃剩的肉。牠們是天下最有耐性的動物，不喝水不吃東西，一等可以等個七八天。」

車子往禿鷹處駕去，老遠的，成龍看到了一群獅子。

車越駕越近，成龍心中有點發毛，問道：「走那麼近，不要緊吧？」

白人管家說：「我們要假裝談話，獅子便不會感到威脅。在非洲，殺人最多的不是獅子或野豹，而是河馬。」

「河馬？」成龍不明白。

「是的。」白人管家說：「人們都以為那幾噸的河馬很笨重，哪知道牠們跑起來一小時可跑五十多公里，河馬經常比人類跑得更快，咬他們一口，才過癮。」

成龍拍拍心口，好在只是獅子。

一片原野之中，車子忽然往下衝，原來是經過一個凹進去的山谷，等車子爬了上來，我的天，那群獅子就在成龍的身邊。

領頭的雄獅一面用口撕開食物，一面瞪着雙眼望着成龍，其他數頭母獅也對着他「獅」視眈眈，發出低吼。枯樹上的禿鷹驚得拍翼飛走。

成龍全身暴露在獅群面前。

「聽……聽……聽說前……前幾天，有兩個台灣遊客被獅……獅子吃掉。」成龍記得要假裝談話那件事，尋找話題。

白人管家若無其事地：「那是他們走下車，才會被咬死的。」

吉普車沒有鐵籠，下不下車，有甚麼分別？

雄獅吃完東西，就輪流和那幾隻母的交尾，用口咬着牠們的後頸，和貓做那回事一樣。有隻老雄獅也想來參加性宴，給帶頭的那隻狂吼一下嚇退。

「看……看夠了。」成龍說。

黑白無常才將車子開走，成龍捏了一身冷汗。

車子開到一個水源處，停下，管家們在樹下架起了營帳，打開摺疊桌椅，鋪上白布，排好刀叉餐巾，拿出冰凍的香檳，讓成龍野餐。

「要到晚上才有野獸出來喝水，到時找一隻給你打。」白人管家沒有忘記大會的諾言。

喝了酒，天氣又熱，成龍昏昏欲睡。

醒來，已入夜。

忽然，出現了一個都市，怎麼會在荒野中有個都市？原來是無數的眼睛在閃亮。

哇！那麼多的獅子老虎，衝過來咬人還得了！

黑無常嘰哩咕嚕，白無常說：「不必擔心，那是羚羊羊群，有羊群在最好。」

「為甚麼？」成龍問。

「羊群在，表示沒有兇猛的動物走近周圍。」

這時，月亮從烏雲中冒起，成龍看到一群非洲大象，數百隻長頸鹿，上千隻斑馬，都前來水源喝水，氣氛安詳和平，像釋迦覺悟後看到群獸前來朝拜的情景，蔚為奇觀，為世人難忘的經驗。

「回酒店去吧。」成龍說。

白無常說：「也好，酒店附近也有野獸，你隨時可以殺一隻。」

已經看到酒店，成龍看到一雙眼睛，便向白無常要那雙管獵槍。黑無常揮着雙手，又是嘰哩咕嚕地亂喊。

「他說甚麼？」成龍問。

「別殺這隻。」白人管家說：「那是他家養的牛。」

美洲

Sooke Harbour House

去溫哥華十天，吃遍各名餐廳，住了間豪華酒店，我並沒有留下任何印象。

直到去了BC省，抵達了一間叫Sooke Harbour House的旅館，我才口服心服地說：「到底找到天下最好的酒店之一。」

這座小屋只有十三間客房，一個小餐廳罷了。

走進房間，最大那個也比普通酒店的套房小，但是一切都齊全地集中在一起。先有個小陽台，望出海灣和群山，風景如詩。房裏有個火爐，真正燒木柴的那種，面對着落地沙發。床巨大，床邊是一個大浴缸。床頭有個像廚房的架子，擺着砵酒、小食、電爐和小水龍頭。靠門口有花灑和洗手間。客人就算躲在房間內三天不出去，也不會覺得悶。而且，不可缺少的是一架電視機。

很少人會想到把浴缸和床設計在一起，其實兩者的關連非常之大，泡在浴缸看書和床上看書，同是件樂事；不看書，做其他的，更是樂事。

睡過，起身即食，吃後再睡，餐廳會把最新鮮的早、午、晚餐捧到你面前來。對着火爐，聽噼噼啪啪的木塊燒裂聲。裸着身體躺在長毛的地氈中，望着落地玻璃窗，山水顏色不停地變化。人生，夫復何求？

「你吃的東西，都生長在旅館周圍。我們沒有菜單，今天有甚麼，大家吃甚麼好不好？」主人菲力浦．辛格爾說，他和太太菲得烈嘉都是唸經濟學的，但是不幹老本行，一生人就喜歡吃吃喝喝。

花園中種的，都是可以吃的花，五顏六色。菲力浦用剪刀剪下一朵後讓我試試。咦，怎麼那麼甜。

「單單是薰衣草就有六種不同的，內人和我在法國南部普羅旺斯住了好幾年，最想食的就是薰衣草的花，入菜或沏茶，顏色和香味都很美。」

菲力浦解釋：「我一直都想要一個和朋友共賞的花園。」

花圃的另一旁，種滿香草植物。菲力浦說：「試試這棵的葉子，是不是有點芝麻味？」

說得一點也不錯，又採了一個蘋果，不吃的話落在地下當肥料，給鳥叼走的也不少。檸檬就沒甚麼鳥肯來咬了。門口的樹藤中長滿奇異果，原來奇異果樹像葡萄。

看到一個瓜，綠顏色，像鮮紅的南瓜那麼巨大，雙手抱不動，要兩個大人才抬得起。菲力浦說和東方的佛手瓜同一科，在這裏長得特別大。

別的地方通常下酒的是些薯片或開心果仁，但大師傅從廚房捧出一盤花來給我送酒，問我要不要淋上沙律汁？這一來會破壞了顏色和味道，就那麼吃多好！我不喝紅白餐酒，要了強烈的意大利 Grappa，更襯花香。

再下來的是一整粒的海膽，呈紫色，殼已打開，用湯匙吃裏面的膏，海水當鹽或醬油，不加山葵也夠味，鮮甜得不得了。整個沙田柚般大的海膽，一連吃牠四五個。

象拔蚌在海灣中更是多得不得了，就那麼生吃也行，在滾水中拖一拖，再把海膽膏隔布擠出汁來淋在象拔蚌上面，又是另一番滋味。不喜歡象拔蚌，用生鮑魚片代替，只片頂部最軟的，裙子棄之。其他魚類，種類多得記不清楚。

雞鴨鵝也是自己養的，非走地不用；菲力浦說附近農家飼養的乳豬也可以用來烤，不過要早一天預訂。

望着海，菲力浦自言自語：「我三百六十五天都不想離開這裏，永遠看不厭。」

「廚師是哪裏請來的？」我問。

「沒有甚麼出名的大師傅。」菲力浦説，「都是些愛在這裏生活的人聚集在一起，做他們當天想做的菜。」

十多年前開始，他們兩夫婦買下了這棟二十年代的老房子招呼客人，一切都是親自動手動腳。近年才擴張。

「我們喜歡朋友，當客人是朋友。」他太太説，「好在當年只有五間房。」

「人生最重要的是變化，其他餐廳做的菜，菜單六個月、一年都不換一次，怎説得上變化？」菲力浦説，「我們的菜單跟着天氣冷熱變化，變化才有力量。我們現在吃的東西殺蟲劑、防腐劑都下得太多，你在超級市場買十種牛乳，十種都是同一個味道，也就等於沒有變化了。沒變化，就沒有生活。」

「每天變化做菜，不怕失敗嗎？」我問。

菲力浦笑了，「原料新鮮，失敗了也不會壞到哪裏去。不過，做不做得最好，倒有點像希治閣的電影，充滿緊張和挑戰。」

到了晚上，餐廳不點電燈，只有蠟燭和電爐的光線照耀着。

這時已看不到海了，我問變化何來？菲力浦說：「你得用耳朵去聽，如果有一種聲音是天籟的話，這就是天籟了。」

我們可以從溫哥華駕車到碼頭，再乘一個半小時的渡海輪，上岸後再要三十分鐘才去到。或者，坐水上飛機直接去也行。聯絡處為：1528 Whiffen Spit Rd, Sooke, BC V9Z 0T4 Canada

電話：+1-250-642-3421

網址：https://sookeharbourhouse.com/

中美洲

歡樂墨西哥

我們旅行，目的地越來越刁鑽，當今到冰島或挪威看北極光好像也是平常事了。更偏門一點，跑到秘魯去，爬上馬丘比丘。

既然要到那麼遠，我覺得還是去一些吃得好的地方，何處覓？墨西哥也，今後一定能成熱門旅遊勝地。

並不難，飛去加州，再轉機，一下子就到了，當年我為了找拍攝的外景，幾乎跑遍南美洲，但就沒有一個國家比墨西哥更歡樂。

一下飛機就聽到音樂，街頭巷尾都可以遇見流浪樂隊，叫Mariachi，通常是四五個人一組，彈結他，吹喇叭，拉小提琴，每一個都能唱，而且唱個不停。

樂隊多了，競爭也劇烈，價錢調得很低。先到某市場走一趟，聽到唱得好的，或者女士們認為是英俊瀟灑的，就可問多少錢，墨西哥人有樂天和疏散的個性，懶得和你討價還價，你會覺得他們的要求很合理。

如果你連找也嫌煩，請酒店介紹好了，他們推薦的一定有水準，然後僱一輛九人小巴士，把樂隊載在後面，司機兼導遊會帶你各處去。一路上樂隊唱個不停，也不是你完全不熟悉的歌，很多名曲，都是以西班牙語唱的。

見他們唱個不停，樂隊唱個沒完沒了，自己也想露幾手，但是一生人沒有碰過任何樂器，除了收音機之外。不懂得，不要緊，去市內的 Mercado De Artesanias La Ciudadela 逛逛，這是一個巨大無比的市場，甚麼東西都有，先買一個土琴。

土琴是有七八根弦，不會彈怎麼辦？不要緊，不要緊，隨琴送你一張紙，只要插入，便可以依照紙上的黑點彈起來，笨蛋都會。忽然，你便奏出一首《甲由》（La Cucaracha），是一首一聽難忘的墨西哥民謠，歌詞也非常荒誕：「甲由呀，甲由，已經不會走路了，因為牠已經抽完大麻，甲由剛剛死掉，現在有四隻兀鷹，找一隻老鼠當葬禮司儀，把牠拖去埋掉！」

在這個市集中，沿途可以買到又便宜又漂亮的紀念品，像墨西哥的大帽子、各種彩色繽紛的背包、玻璃、陶瓷器，藝術性比其他南美洲國家還高。最實用，還是一件披肩，說是披肩，其實只是一張大被，摺成兩半，中間剪一個洞，給你把頭套進去，即刻能夠禦寒。當年我買的那一件，用到現在，每遇寒冷天氣，就從衣櫃中取出來，用完了洗，當今還像新的。

市集中有更多的小販檔口，多數賣玉蜀黍，先煮熟，再放在炭上烤得香噴噴地甜蜜蜜地，令人抗拒不了，看到走過的人手上都有一根，拼命啃。

粟米是當地最主要的食材，磨粉後做成餅，一片片地，有個土機器在烤，一片燒下又一片。最初以為沒甚麼了不起，咬一口，香呀香，從來沒有吃過那麼香的餅，印度的薄餅要走開一旁。用這塊餅，就可以包各種餡了，這一堆是肉，那一堆是烤甜椒。怎麼叫，都只要幾個披索，合算自己的貨幣，大家又歡樂了。

紀念品太俗了，要高雅一點嗎？去市內的 Frida Kahlo 美術館吧，欣賞這位一字眉的女畫家一生的作品，再追索到她的情人 Diego Rivera 的壁畫，真是氣概萬千，一幅幅巨大的作品，讓你感動。

沒有那麼清高的話，也有一個色情美術館，你可以看到自古至今的各種生殖器造型，性交的姿勢，要有強大的幻想力才能創造出來。

還是買些值錢的東西吧，墨西哥城的附近小鎮 Taxco 是一個產銀的地方，各種銀器，有些是精細得令人嘆為觀止，貴是貴了一點，但比起大家搶購的世界名牌，又讓你笑了。

要浪漫吧？有一個水鄉叫 Floating Gardens of Xochimilco，那裏有幾百艘名副其實的「花艇」，畫滿了花，插遍了花，每艘艇都以女人為名，甚麼瑪麗亞，甚麼瑪格麗坦，當然還有一艘叫 Beyonce。

人跳上，樂隊也跳上，坐在船尾，讓你一面遊河，一面聽到甲由呀，甲由呀！La Cucaracha! La Cucaracha！牠們抽不到大麻，就死了！

記得最清楚的，是當年看到煙花，想買回來放，當地朋友阻止，說：「那是死人時，才放的！」

原來死亡也可以當成歡樂，那邊的人多短命，死，是日常的事，也沒甚麼可以悲哀的，大家買煙花回來放。所以有了十一月的死人節，大舉慶祝，墨西哥人不太會做生意，沒想到這種節日可以吸引大量遊客，前些時候的零零七電影中重現，才重新把這個節日組織好，有興趣的話，等明年去狂歡一下吧，吃個白糖做的骷髏頭，灌他一大瓶龍舌酒。

甚麼？龍舌酒也好喝？那年我離開時，工作人員每人掏出一點錢，買了一瓶 Gran Patron Platinum Tequila 給我，拿去三藩市，倪匡兄的家，打開了，香氣撲鼻，兩個人，一下子，就把它乾了。

墨西哥，萬歲！快去歡樂一下吧，美國人不懂，還要建棟牆阻止。笨蛋，像甲由一樣死吧！

柯鹼因故鄉

一提到哥倫比亞，即有兩個形象出現：拿着火炬女神的美國電影公司；另一個是遍地柯鹼因的國土。

這次去的是後者，從香港出發乘十一個小時的飛機抵洛杉磯，再飛九個鐘，才能抵達哥倫比亞的首都波哥達。看機內雜誌的地圖，剛好是從地球的一邊走到另一邊去，繞了一個半圈。

從窗口望下的波哥達，一個在海拔四千公尺的高山盆地，樹木被濃霧包圍着，和平而壯觀，電影裏要重現這個印象，不知道要放多少人工煙霧才能造成。

海關沒給我們麻煩，等行李倒是花了一個多鐘，別人的全部提走，唯不見我們其中一件。剛要罵是甚麼賊國家，皮篋出來，自愧怪錯人家。

機場到市中心酒店二十分鐘，是個理想的距離，想起花一個多兩小時的東京成田，便要詛咒。

旅遊局安排下榻的酒店，是間有百多年歷史的巨宅，環境幽美，每一個角度都能成為沙龍作品，想是價錢不菲，但只住一宿，伸長了頭項也沒甚麼了不起。

當地工作人員要到下午才集合，乘着這數小時的空檔，租了輛的士逛逛。我每到一處工作，必先到菜市場，觀察當地生活水準。偓起人來，他們漫天開價時，我總懶洋洋地：「你們的牛肉一斤才多少錢？這個月薪，可以吃上一年。」

街市中的肉類和蔬菜選擇極少，可見是個貧乏的國家，但水果種類奇多，即刻買了在香港吃不到的仙人掌果、熱情果、似水果又像蔬菜的野番茄，各買一公斤，價廉得很。

肉菜檔旁邊一定有熟食攤子，哥倫比亞人典型的食物是將牛肉斬件，放進大量小型洋薯熬湯，另外便是豬肉腸和牛血腸。

買包大蒜送菜，相等於兩塊錢港幣，小販找不出零頭，一位和藹可親的老太太路過，代我付了，正要感謝，她已走遠。小販乘機把我那張五塊紙幣奪去，本來要抗議，但言語不通，糾纏不清，不想在小錢上浪費寶貴的時間，也就算了。哥倫比亞和其他地方一樣，有好人，也有壞人。

折回旅館，將買來的東西鋪滿在庭院陽台桌上，拿出由香港帶去的紅印普洱，沏茶嘆嘆。

第一個詫異是當地沒有滾水！

「要滾水幹甚麼？」服務員問：「喝熱的，我們有咖啡呀！」

哥倫比亞咖啡聞名於世，就有我們這種人偏偏不喜歡喝。唉，不解釋也罷。自己闖進廚房拿了個鍋去煮，放入茶葉，喝「煮茶」。

下午工作人員來開會，所列出報酬十分合理，超時工作，彼等亦不在乎，可見多數人還是辛勤和誠實的。

翌日上路，坐的是輛小巴士，穿山越嶺，沒有一條平路，多疲倦也被搖醒，不成眠。我們一共去了哥倫比亞的三個大都市，波哥達、瑪麗因和加利，也看過數十個西班牙式的小鎮，終於找到理想的外景地拍攝電影。

哥倫比亞人種相當複雜，有些較白的大概是西班牙人的後裔，也有棕色的印地安土著，更有南部皮膚黯黑的，或者是黑人的混種。一般上，他們活得像流浪在歐洲的吉普賽人，也許吉普賽的祖先都是由哥倫比亞出發的。

吃的東西除上述的牛血腸之外，各地都有它的特色。印象最深的是抵瑪麗因之前的一家餐廳，廚房是開放式，客人圍着它坐，中間的炭爐中有幾個大鍋，煮着大荳和豬肉之類的湯，客人叫腸子或牛排，就當你面去烤。

看到一塊塊食物，認出來，大叫：「豬油渣！」哥倫比亞人炸豬油渣真有一手，一大塊炸得乾乾地，用手去摵下一片，爽脆得很，手指上竟然一點油也不沾，入口細嚼，一陣香味，是天下無雙的享受。

但是各種食物我們都覺得淡，他們有種叫 Aji 的醬汁，讀成亞喜，用鹽水泡着洋葱蓉、大蒜片和指天椒製成，以亞喜佐之，任何食品都好吃。同行的導演張文幹專好此味，進餐前一坐下，即大喊：「亞喜、亞喜！」

香港的朋友一聽到哥倫比亞，便以為我們進入蠻邦，一去無命。其實瑪麗因等地高樓大廈林立，頗有大都會風範，雖然治安有點亂，曾目擊一個小孩子拿了三角銼刺一婦人手臂而搶她的皮包。但是每個大都市都有罪犯，香港何曾不見悍匪拿機關槍？

至於柯鹼因，它是由植物提煉出來的純天然藥物，呈白色晶體粉末。通常是捲了一張一塊美金鈔票，用它當吸管伸鼻孔吸入，過數分鐘便產生全身鬆弛而舒服的感覺，整個人開朗起來，做任何事都充滿信心，效果過後，便疲憊不堪了。人稱之「富人大麻」，價錢比海洛英等硬性毒品貴十幾倍，以為在原產地可以買到便宜貨，那是大錯特錯，當地人聞之色變，政府抓得很緊。

我們拜訪一位友人，庭院中種了一棵古柯樹，有兩個人般高，白的小花，發出香味，樣子和味道都像我們一種叫「水梅」的植物。葉子不大，所說土人食了古柯鹼葉便可以消除疲勞，我們這幾天時差作怪，晨昏顛倒，又長途跋涉，整個人快要散掉，見到此葉，即刻拿三數片來嚼，可惜一點效果也沒有。

問道：「我們以為到處是柯鹼因的，怎麼來了這麼久從來沒看到？」

朋友聳聳肩，「都賣到美國去了。其實，和他們輸出香煙沒甚麼分別。大家都需要外匯！」

南美洲

秘魯之旅

從香港赤鱲角機場，乘半夜起飛的阿聯酋航空到杜拜，要八小時，睡一睡，看部電影也就抵達，並不辛苦。

在杜拜的候機室無聊，發了一張照片，是二樓整層，大沙發中間的每張桌子，都有一個巨型的煙灰缸，我在微博上寫説，是一種福利。

馬上有網友看完了問：「福利在哪裏？」

當今到處都禁煙，機場中就算有個吸煙室，也小得似監牢房，哪有這麼大的空間，讓煙民們優雅地抽個飽，不必有偷偷摸摸的感覺？

四小時的候機時間到了，再乘阿聯酋飛十六小時到巴西聖保羅，機場商店到處有足球紀念品售賣，但因輸了，穿巴西隊T恤並非光彩事，無人問津。

這次的三小時等待顯得非常冗長，只有吞一粒安眠藥，減少痛苦。

終於，在清晨兩點鐘到達最終目的地，秘魯的首都利馬，也有美國大集團的旅館，但我們選了家頗有風格的 Miraflores Hotel。

在巴塞隆那住過一年，略懂西班牙語，Mira 是「看」，西班牙人遇到名勝，都向我說：Mira！Mira！所以知道意思。至於 Flores，則是「花」，兩個字加起來，這一區我叫為「觀花之地」，是利馬的高級住宅區，臨海，築於懸崖上面，雲飄到此，被懸崖擋住，常年灰灰暗暗，當地人樂觀，說這種天氣之下，生長的魚特別肥美，我們在餐廳吃了，不覺鮮甜。

睡了一夜，翌日到市集去買紀念品，岩石地板被洗擦得光亮，人們在大街小巷也不亂丟垃圾，發覺秘魯人是十分愛乾淨的。

各種手織物，用小羊 Alpaca 織成的，最為常見，如果說到珍貴，則是一種叫 Vicuna 的駱馬毛了，它只有十一點七微米 Micron，有多細呢？人的頭髮，則是三十微米。天下最微細的是藏羚羊的毛，但已被全球禁止，穿了它的紡織品在先進國家海關發現，就要沒收。當今合法販賣的，惟有被稱為「神之纖維（Firbe of The Gods）」的 Vicuna 了。

這種駱馬也是受到秘魯政府保護，不過毛不採集的話也自然剝脱，所以每年一次，舉行了一個叫 Chaccu 的祭典，讓一群穿着五顏六色衣着的村民，飲酒作樂，載歌載舞地走近野生的 Vicuna 群，由大圓圈收縮到小圓圈，不讓動物受驚，接觸之後拿出大把古柯葉子給牠們吃，此葉有鎮靜作用，最後才把毛剪下。

Vicuna 的毛有長有短，腹部的最長，寒冷時牠們會用長毛來蓋住自己的身體。但紡織最高級衣着的，則是用頸部的細毛，剪下後寄到意大利的 Loro Piana 公司去加工。這家廠做好之後再把部份的毛寄回給秘魯，它是具有歷史的紡織公司，也懂得欣賞最好的品牌，很久之前已發現秘魯有 Vicuna，大力資助秘魯政府開發，功勞也不淺，當今秘魯之外，就只能向 Loro Piana 能買到，還有一小部份分售給日本的西川公司。

在「觀花之區」的懸崖邊，有一地下商場，其中一家叫 Awana Kancha 的就有 Vicuna 圍巾賣，售價是 Loro Piana 的三分之一。

在商場中也能找到專賣巴拿馬草帽的店舖，巴拿馬帽只是個名稱，實物產於厄瓜多爾，秘魯離厄瓜多爾近，賣得也便宜，比較起意大利的名帽公司 Borsalino 簡直是令人發笑。

至於食物，當今許多名食家對秘魯的美食十分讚揚，我們也抱着期待，午餐去當地最出名的食肆之一，名為 Panchita，地址是 Calle 2 De Mayo 298, Miraflores,

Lima, Peru

電話：+51-1-242-5957。

見周圍桌子的客人都叫了一杯深紫色的飲品，當然拉着侍者指它一指，對方會意，過一陣子，飲品上桌，試了一口，鮮甜得很，口感也不錯，名叫Purple Corn，問是用甚麼做的，侍者解釋了半天，又拿出一根玉米，全紫色的，拔一粒來試，像糯米，這種飲料除了由紫玉糯米，還加了橙汁和糖，很好喝，去了秘魯可別錯過。

食物大致上是以燒烤為主，和巴西、阿根廷一樣，南美洲等國，都很相似。另有番薯和豬肉為餡，由香蕉葉包裹後烤出來的糭子。叫的雞，點黃色醬，像咖喱，但絕無咖喱味，是蛋黃漿，並不特別。

湯也有像紅咖喱的，有牛肉粒，份量極大，當地人叫這一道，已是一個午餐。燒烤上桌，味道和口感普通，較為好吃的是烤牛肚。特別之處在於食器，用一個有雙手柄的鐵鍋，裏面擺着燃燒的炭，鍋上有鐵碟，肉類放在上面，不會冷掉。

晚上又去一家叫La Bonbonniere的名餐廳，各國食家舉起拇指推薦，但我們吃來，都覺得甚為粗糙，絕對稱不上有甚麼「驚艷」的。

翌日一早，趕到機場，這次旅行主要的目的是去看新世界七大奇觀，有空中之城之稱的馬丘比丘，得從利馬乘兩個小時飛機，才到古斯科（Cosco），這是海拔四千米的高原，但有了西藏、不丹和九寨溝的經驗，高山症，並難不了我。

飛古斯科的客機很小，一律經濟艙，擠滿了人客，當然也不至於電影中那麼帶雞帶鴨入座，是由當地最大的航空公司 Lan 經營，買的飛機並不殘舊，但因為高山氣流，一路搖搖晃晃，非常難受，好在只是三個小時，怎麼忍也得忍下去。

一下機，腳像站不穩，說不怕高山症，是否有點反應？口很渴，在關閘內有一小店，大家望着古柯二字，是做毒品柯鹼因的原料，這裏公開販賣。

西諺說到了羅馬，就做羅馬人的事，有古柯喝，當然要試試了。檔口有一大塑膠袋，裝滿了曬乾的古柯葉。給個兩塊美金，就可以任抓一把，放進杯中，小販為我加滿熱水，叮嚀：「要等到葉子變黃色，才好喝。」

拿着那杯古柯葉水，心急地等待，好歹顏色一變，喝進口，沒有甚麼味道，當地人說可以醫治高山症，又不會疲倦，肚子也不會餓，當寶。

對於我這種抽慣雪茄，喝慣濃茶的老槍，一點反應也沒有，也許是要生吃葉子才有效，就再抓一把放進嘴裏細嚼，有點苦，像吃茶葉，但絕對不像他們說的那麼神奇。當今，秘魯商人已經把葉子做成茶包，方便售賣，這麼一來，更無神秘色彩了。

古斯科是印加帝國的首都，全盛時期遍地黃金，被西班牙人侵略後搶劫一空，整個古文化也跟着崩潰，異族帶來的病菌殺光所有印加人，這是歷史上最大的悲劇之一。當今來到這個古城，雖不至於全是廢墟，但絕對稱不上是一個繁榮的地方。

一般去馬丘比丘的人，多數由古斯科直接上山，但我們優哉游哉，先一路沿着山路，去到一個叫神聖山谷（Sacred Valley）的地方。

在深山之中，還真難想像四千米高的地方還有那麼大的一條河流，兩邊種滿大樹和各種奇花異草，加上那殺死人的藍色天空，雪山包圍之下，簡直是一個仙境。

這裏有家叫 Rio Sagrado 的酒店，照字面翻譯，是「聖河」。經營的是 Belmond 集團，原本為東方快車組織的一分子，當今分了出來，好在東方快車鐵路還是保持原名，不然這個優雅年代的名字，就從此消失。

一間間的木屋依山而築，裏面設備齊全高雅，經長途跋涉，好好地睡了一個午覺。黃昏醒來，夕陽反射在河中，一大片的草原，養着三隻 Vicuna 駝馬，讓客人欣賞。

身上掛滿當地織物和紀念品的婦人，是一活動雜貨店，大家都向她們購物，發現婦女不會心算，更不用計算機，多少美金嘰咕了老半天説不清楚。我們旅行，一向是預備好換成當地幣值，對方説幾多給幾多，懶得去和貧苦的老人拼命討價還價了。

買了一件披肩 Pancho，怎麼選的？那麼多物件之中，選最搶眼的，一定錯不了，這是買領帶時候得到的智慧。我這件顏色鮮艷，七彩繽紛的，在單調的環境之下增加了變化。黃昏天氣已較涼，是禦寒的恩物。

散步完畢就在酒店吃飯，這集團的餐廳都有點水準，吃不慣當地食物的話可以叫意大利餐，為了安眠，不吃太飽。

翌日被飢餓喚醒，早餐甚為豐富，有各種水果選擇，看到五顏六色的熱情果，也忍不住伸手拿了一個。這種東西打開之後裏面有像青蛙卵般的種子，一向是酸得阿媽都認不得，但很奇怪地，秘魯的熱情果甜到極點，今後有機會大家一試就會同意我的說法。

另外印象最深的，是一大盤白色的小米，前面有片小字，寫着Quinua，這是當地名，英文作Quinoa，中文是「藜麥」，一路上我們看到公路的旁邊，都種滿這種植物，是秘魯人的主食，外地沒人注意。

自從美國太空人帶到宇宙去吃，這才一鳴驚人，為甚麼？原來這是一種全蛋白食品，食物可以根據蛋白氨基酸組織分為全蛋白和不完全蛋白兩種。人們需要的氨基酸有幾十種，其中九種必須從食物攝取，藜麥含有的，就是供應給人體這九種氨基酸，而且完全沒有脂肪。換句話說，藜麥只有好處，食極不肥的。

給健康人士知道了，藜麥就成了寶，秘魯鄉下佬日常進食的，賣到超級市場，五百克就要港幣一百元。大陸不能進口，自己種，目前量少，五百克也要賣七十塊人民幣了。

最重要的是：好吃嗎？酒店供應的已經蒸熟後曬乾，加上牛奶就能當麥片一樣吃。口感呢？一粒粒細嚼，不像白飯或小米那麼黏糊。味道呢？也許健康人士說很香，我並不覺有何美味，吃得進口而已，但是越吃越感興趣，在雞湯中放，當成麵或炒飯都行，是此行最大發現。

飯後大家周圍去看古蹟，我說最大的古蹟是馬丘比丘，也就留在房間內寫稿，疲倦了四處走走，吸一些仙氣。

住了兩個晚上之後，就出發到火車站，看到一架架全身漆着藍色的車輛，這是東方快車僅存的一部份線路，上馬丘比丘最豪華的走法。

火車維持當年的優雅，座位寬大舒服，從窗口和天窗可以看到一路的雪山，車尾有個露天的瞭望台，要抽煙也行。餐卡最為高級，白餐巾、銀食器，紅白餐酒任飲，食物則不敢領教。

山路上有眾多背包旅行者，這是出名的印加路線，要走四天才上得了山。也有高級的，途中設營帳，供應伙食和溫水沖涼，趁年輕去吧，我這種老傢伙還是乘坐東方快車較妙。

兩三小時後到達馬丘比丘的山腳，四處有購物區，但大家已心急爬上去看，等回程再買。

這時才發現遊客真多，很久以前的調查是每年四十萬，現在不止。好在我們有先見之明，訂了一輛私人小巴士，不必排隊，即刻上車。

這條山路可真夠嗆，回字夾般地彎彎曲曲，有的由你那邊看到一落千丈的懸崖，有的是我這方的。路不平，司機拼了老命瘋狂飛車，害怕的人是吃不消的，經過不丹的山路就不擔心了，導遊說他們一天來回幾十次，從來沒有發生事故。

四十分鐘之後終於到達山頂，看到其他車的遊客，有些一下車就作嘔。

山頂也擠滿人，這裏的唯一一家旅館，也是 Belmond 集團經營，甚為簡陋，但我們得在半年前訂，才可以住上兩晚。

門口有幾棵曼陀羅樹，開滿了下垂花朵，此花在倪匡兄三藩市的老家看過，說是有毒。進了門，有兩間餐廳，旅館這邊的較為高級，另一頭的大眾化，有自助餐供應，都擠滿了人，整間旅館只有三十一個小房間，我們的有陽台，還不錯。

放下行李，心急地往閘口走，又是長龍，門票也不便宜，導遊帶我們直接走進去，省了不少時間。這次由好友廖太太安排，一切是最好的，還細心地請了兩個導遊，年輕人由其中一個帶頭，可以直接前進，另一個留着給我這個老傢伙，慢慢爬山，要花多少時間都行。

上幾個山坡，馬丘比丘的古城就在眼前，第一次看，不得不說非常壯觀，在這深山野嶺，有這麼一個規模巨大的部落，是凡人不能想像的，景觀令人震撼。

這就是漫畫中形容的「天空之城」了，所謂世界七大奇觀，只是一堆廢墟，另有數不完的梯田。說是很高嗎？又未必，只有海拔兩千多米，還低過剛抵達的古斯科城。

說古老嗎？也不是，馬丘比丘建於十四世紀中期，是我們的明朝年間，由印加王國權力最大的 Pachacuti 國王興起，西班牙人入侵後，帶來的天花，毀滅了整個民族，馬丘比丘也跟着荒廢，至到一九一一年才由美國人 Hiram Bingham「發現」，其實山中農民早就知道有那麼一個地方，太高了，不去爬罷了。

老遠來這一趟，還得仔細看，導遊細心地指出這是西邊居住區、栓日石、太陽神廟、三窗之屋，等等等等，慢慢地又走又爬，並不辛苦。

進口處，只是一個小石門，並不宏偉，但從石頭的鋪排，可以看出印加文化中對建築的智慧，幾百斤到上噸的石頭，怎麼搬得上去？一塊塊堆積，計算得天衣無縫，一定是外星人下來教導的。

「馬丘比丘（Machu Picchu）這個名字是甚麼意思？」我問導遊。

回答說：「一般人以為一定是甚麼神秘的意義，其實我們的語文，不過是指一個很古老的山罷了。」

「這裏住過多少人？」

「根據住宅的面積，最多是七百五十個左右。」

「用來祭神的？有沒有殺活人？」

「歷史都是血淋淋的。」

「那麼為甚麼甚麼地方都不選，非要在這個高山建築不可？」我最後一個問題。

「傳説紛紜，沒有一個得到確實。」他老實地回答。

我自己有一套理論：一般的印加人都要往高山住去。那是因為他們受過河流氾濫的天災之苦，覺得越高越安全，道理就那麼簡單。

不管是對是錯，到了古斯科高原，又一路觀察建築都在高處，也許沒有説錯。

第二天又要爬山去看日出，但烏雲滿天，惟有作罷。在旅館中靜養，感受天地之靈，到了深夜，走出陽台，看到的滿天星斗，印象深過這個古蹟。想起東坡禪詩：「廬山煙雨浙江潮，未到千般恨不消；及至到來無一事，廬山煙雨浙江潮。」

下山時，又是大排長龍，遇到三位唯一的香港青年，是不乘飛機，是走路或乘車來的，真佩服他們。本來包了車，可以送他們一趟，但有些等得暴躁的美國八婆，見我們的車子有空位，想擠進來，司機不理會，她們不明白有錢老爺炕上坐的道理，拼命地打拍車門，也就急着走了。

到了車站，再乘數小時火車，終於到達古斯科的旅館 Palacio Nazarenas，這個美輪美奐的酒店，令我們有又回到文明世界的感覺。

古斯科的 Palacio Nazarenas 酒店位於市中心，一走出來四通八達。深夜抵埗，非常疲倦，沒有仔細看就走進房，見那有四柱的大床，乾淨得不得了，浴室也有一間房那麼大，中間擺着一個白瓷的浴缸，地板是通了電的，不感冰冷，浸個舒服的澡，倒頭一睡。咦，為甚麼感覺不到古斯科海拔四千米的高山症？

醒來才知道，通氣口輸送出來的不是冷風，而是氧氣，這家酒店甚麼都為客人着想。

肚子餓，去吃早餐。經過高樓頂的長廊，四面古壁畫還有部份保留着，中庭種的迷迭香傳來誘人的氣息，食慾大增，急步走到餐廳。

蔚藍色的天空，襯着更藍的池水，池邊傳來音樂，是位當地有名的豎琴家的演奏。整家酒店也只有五十五間套房，客人不多，食物的豐盛，是這段旅行最多的。

醫了肚，步行回房，經過一處，探頭一看，原來是個私家教堂，掛滿歌頌上帝的油畫，其中的天使，肥肥胖胖，雙頰透紅，是哪裏見過？在 Botero 的畫中。這位哥倫比亞畫家無疑到過秘魯，靈感由此而來吧？

回房，打開很小的窗口，陽光直射，小小的書桌上擺着花園中採來的鮮花，我一一挪開。別人出外購物，我獨自留着寫稿，在這麼優美的環境下不創作，多可惜。

出外散步，到處是卵石街道，長長的狹巷，周圍小屋依山而建，是平民住的，和香港的完全不同。到當地的教堂走了一圈，金碧輝煌，真金被西班牙人掠走，貼上金箔的留下，還剩許多許多。

修道院的地板像擦亮的皮鞋，有些鄉下來的小孩在上面打滾，賴着不肯回家。午餐就在地道餐廳解決，之前經過小販攤，見一籮籮的麵包，比胖子臉還大，買了一個，五塊港幣，懶人可以穿個洞套在頸上，吃個三天。

到一家叫 Los Mundialistas 的，當地的食物變化不大，通常是炸豬皮，烤豬和玉米煮的湯。這裏的玉米一粒有普通的五倍大，但不甜，湯黃黃的，有顆大燈籠椒，當地人就靠這個吃飽，真沒有想像那麼美味。雞湯放了很多的藜麥，尚可口。

走到當地的菜市，咦，怎麼想起越南胡志明市的檳城菜市，外面賣菜賣肉，裏面是小食檔。

香腸有胖子手臂那麼粗，到處看到豬頭牛頭。人窮了，當然不會扔掉任何東西，也由此產生食物文化。

有更多的麵包檔，各種花紋的，都大得不得了，有些撒上芝麻，白色女服的婦女坐着，也不向客人兜售，要買就來買吧。

各種蘑菇，我問導遊說有沒有吃了會產生幻覺的，她大力搖頭，好像遇到了癮君子，但還是很同情地說：「古柯葉子大把，你要不要試試？」

我沒興趣，看到一大堆一大堆黃顏色，又是卵狀的海鮮，大概是這裏的魚子醬吧，沒機會試了，中間還有葡萄般大綠色的水晶體，是甚麼？不怕髒，還是抓了一粒送進口，「波」的一聲爆發，的確像魚子但是素的，一種海藻罷了，進口做成齋菜，也是想頭。

到處賣着鮮花，問價，便宜得發笑，住在這裏，每天大把送各個女友，也窮不了。

晚上，去酒店隔壁的餐廳Map，開在博物館內的中庭，為了不破壞博物館的氣氛，整間餐廳四面玻璃，像一個巨大的貨櫃箱。沒有牆壁，也不必搞裝修，唯一的是在進口處點着一大排的粗蠟燭，已經夠了，我非常欣賞這個設計，食物就一般，回房啃吃剩的大麵包，更好。餐廳的菜雖然不合胃口，那是我的事，別人吃得津津有味。可是那是西餐呀，到了秘魯，還是應該喝燒豬湯、雞湯和藜麥，再加上一杯紫色濃郁的玉米汁。

當地做的 Cusquena 味道比德國啤酒濃，但我喜歡的是這家廠的黑啤酒，每次一坐下來，就向侍者說：「給我一瓶黑啤 Cerveza Negra, Por Favor。」他國叫啤酒，通稱 Beer，只有西班牙人的叫法不同。

再經過幾小時飛行，回到首都利馬，當地現在正在選市長，很多路都給宣傳隊伍封住了，兜個老半天才回到懸崖上的 Miraflores，它也是 Belmond 集團經營。

「今天吃些甚麼呢？」大家對當地食物有點厭倦，第一件想到的就是到中國餐廳。

我們說不如到超級市場買些罐頭來野餐吧，這裏中國人開的連鎖經營叫王氏（Wong's），由一家雜貨店做起，變成集團，到處可見，可惜近來賣了給烏拉圭人，不知行不行，還是中菜館較為妥當。

中國菜在秘魯稱為Chifa，不言而喻，就是「吃飯」的音譯，最後大家還是到一間世界名食家都推薦的Amaz，東西可口，但受中國影響頗深，都是煎煎炒炒，原來食家們沒試過Chifa，就驚為天人了。

吃罷，明天再到阿根廷去。

阿根廷之旅

這次是從秘魯的利馬來到阿根廷，比從香港出發的，輕鬆得多了。

抵達後先在首都布宜諾斯艾利斯停一晚，入住當地最好的四季酒店，偏離中心一點，交通也算方便的。第一個印象是從旅館浴室裏的照片得來，黑白的影像中，從上面俯視一對跳探戈的男女。探戈，是阿根廷的靈魂，但不像墨西哥城那麼有歡樂，這個城市，是保守的、是深沉的，是充滿獨裁者足跡的。

第一，它的大道真的大，往返各十條車道，沒有專制的行政，是不能把原住民趕個清光，才能建築出來的。名為小巴黎，可是燈光幽暗，沒有夜都會的燦爛和浪漫，守舊得很。

第一件事當然是往酒店的餐廳鑽，據西方人稱，這裏的烤牛肉是天下最好的，必嘗不可。

份量的確是全世界最大，主角的牛扒還沒有上桌之前，麵包、小吃、沙律等等，已填滿了客人的肚子，牛扒上桌，月餅盒般大，香噴噴地烤出來，侍者也從來不問你要多少成熟，總之是Well done。

之前我想點韃靼牛，侍者好像聽到野蠻人的要求，拼命搖頭：「我們這裏不流行吃生的！」

全熟牛扒咬了一口，硬呀，硬！

怪不得壁上掛滿鋒利的餐刀，吃時名副其實地鋸呀鋸。

一定很有肉味吧？也不然，一般罷了，但是這是全城最好的，也是最貴的呀。上帝，饒恕我這個無知的人，我還是覺得要吃肉味的話，紐約人的Dry Aged牛扒，肉味才夠；要是吃軟熟的，那麼欣賞和牛吧！但是，有很多人說：「日本牛雖然入口即化，一點牛肉味也沒有！」

這回輪到上帝要饒恕他們，他們沒有吃過最好的三田牛，那種牛味的獨特，是不能與夏蟲語冰的。我說這種話完全是親身體驗，一點偏見也沒有。

整個阿根廷的旅行，都是在吃烤牛肉，一餐復一餐，去的都是當地最好、外國老饕讚完又讚的餐廳，也到過當地最平民化的食肆，沒有一間是滿意的。

也許是選的部位不對吧？我們叫過肉眼，叫過肋骨，叫過面頰。好友廖先生刁鑽，説要沙梨篤！甚麼是沙梨篤？一般食客也不懂，莫説阿根廷人了，只有向他們示範，拍着屁股。哦！領會了，是屁股肉。烤了出來，同樣是那麼硬、那麼乏味。

第二晚，又去了另一家著名的烤肉店，餐廳牆上掛滿足球名將的T恤，櫃子裏也都是有關足球的紀念品，這家叫 La Brigadas 餐廳好難訂得到位子，好在我們是很早來到，所謂早，也是晚上七點半，原來他們的習慣是十點才算早。

先要了當地最好又最貴的紅酒，D.V. Catena 和 Catena Zaoata，都產自 Malbec 區，喝了一口，不錯不錯，很濃，有點像匈牙利的「牛血（Bull's Blood）」，但總比不上法國佳釀。

值得一提的是侍者開酒的方法，他們把封住瓶口的那層鐵箔用刀子仔細地剕開，成為一個小圈子，再把樽塞套住，讓客人先聞一聞，又知道喝了是甚麼牌子的酒。

餐廳領班前來，一套黑筆挺西裝，頭髮全白，態度嚴肅，一副非常權威的架勢，像武俠片一樣，嗖的一聲，拔出來的是插在腰間的叉和匙。

咦？怎麼不是刀，而是匙？

大塊肉，各種部位的肉，烤得熟透了上桌，領班大展身手，用很純熟的手法把各種肉一塊一塊地劏開，分別放在我們面前的盤上。

鄰桌的美國遊客看了也拍爛手掌，我到領班走開時，把他那根湯匙用手指一摸，原來是磨得比剃鬍刀更鋒利的器具。

對阿根廷印象不好嗎？不是，不是。

最欣賞的是，他們喝的馬蒂 Mati 了。

飲具用個小葫蘆的底部，挖空了當杯子，有的鑲銀鑲銅。

再把小壺填滿了乾 Yerba 葉子，屬 Holly 科，翻成中文是冬青葉，但不知和中國的冬青有沒有關係，這時，就可以注入熱水，注意，只是熱，不能滾！

最後，插上一根叫 Bombilla 的吸管，別小看，很講究的，管底有一個個的小洞，用來隔着葉子的粉末，這管子貴起來也要賣好幾千港幣。

這時可以吸了，我是最勇於嘗試的人，味道呢？又苦又澀，別人怎麼想不知，我自己是很喜歡的。

對了，這和我們喝茶一樣，我們看阿根廷人吸馬蒂古怪，他們看我們喝功夫茶也古怪；我們喝了上癮，他們也不可一日無此君了。

他們是身帶熱水壺，不斷地沖不斷地吸，你吸完之後有時給第二個人，都是同一吸管，香港人看了嚇到臉青，有傳染病怎麼辦？阿根廷人從不考慮這些，如果把馬蒂遞了給你，而你作出怕怕，不敢吸的表情，那麼他們永遠和你做不了朋友，你是永遠的敵人。

帶着吃烤牛肉和吸馬蒂的經驗，我們開始了阿根廷的旅行。

布宜諾斯艾利斯（Buenos Aires），照字面翻譯是「好空氣」，西班牙人打起招呼來，也有順風的意思。導遊一定會帶你到五月廣場 Plaza de Mayo，這裏有行政中心、劇院、教堂，但覺得規模比起歐洲城市，都不足道。

反而是下一個例牌觀光區的傳統街道好玩，到了這裏遊客們都免不了舉起手機拍下五顏六色的房屋，傳說是窮苦人家用別人剩下的油漆塗上的，其實最美的還是天空的蔚藍，大陸遊客拍的是天空。

各牆壁充滿著名的塗鴉畫家作品，見有人不斷地修補。也有未成名的畫家的，只可當成觀光紀念品出售，官方兑率很低，大家都懂得在這裏把美金換成阿根廷幣，我一向有預算要花多少，一次過找換了，就不必每次去計算。

到了這裏就聽到探戈音樂了，也有真人在咖啡店外表演，男的黑西裝，女的大紅裙子，開衩處可見大孔的網狀絲襪，但女人樣子都長得醜，身材略為肥胖，一點也不性感。

我在小商店裏買了第一個喝馬蒂的壺子，葫蘆殼上雕了花，吸管有一對男女跳探戈，也知道是遊客紀念品，花了一百美金，當大頭鬼就大頭鬼吧，不在乎，只是怕下次再也看不到，要回頭也來不及。

大街小巷都是烤肉店，簡陋的檔口只是一個大炭爐上面放了塊鐵網，就那麼賣將起來，要了一塊試試，照樣是很硬很硬。

給咖啡店的藍色桌子吸引，探頭去看，院子裏有一木頭公仔，做成一個灰髮老頭，旁邊坐的是一個真人，樣子很像假的，拍了張照片，對比起來成趣。

處處還有其他木頭公仔，球星馬勒當拿的不少，當然最多的是教宗，才想起他也是阿根廷人。

坐下喝杯咖啡吧，導遊說這裏的水準低劣，還是去百年老店Caee Tortoni，地點在市中心，招牌用「美麗年代（Belle Epoque）」的字體寫的，外貌像間電影院，有個玻璃櫥窗賣該店的紀念品。

裏面古色古香當然不在話下，是間阿根廷的陸羽茶室，到了布宜諾斯艾利斯非光顧不可。天花有一大片的彩色玻璃窗，燈光由裏面照出，整間店掛滿古董燈飾，懷舊的氣氛實在濃厚，壁上有各位名人、政治家、作家、歌劇家的照片和道謝狀，當然少不了探戈的海報，喜歡歷史和考古的人可以慢慢欣賞。

咖啡我不在行，要壺馬蒂吧？也有得供應，一般馬蒂是友人之間喝的東西，非商品，不賣，但是因為遊客們的要求，當今各酒店的食肆都可以找到，好在沒有做成茶包。

說是咖啡室，各種酒齊全，擺在酒吧後面。大清早不喝了，還是來些別的，我一向不喜蛋糕之類的甜品，見友人叫了，也每一種試它一口，甜得要命，甜品嘛，就應該甜得要命才算是甜品，如果怕甜，有種像我們的油炸鬼一類的東西，整個拉丁民族區都賣這種食物，也甜，但不會甜死人。

請導遊帶我們到古董街走走，自從買枴杖送倪匡兄後，我自己也染上手杖癖，每逢一處，必尋找。當今雖然還不必靠它，但已夠年齡和身份撐手杖，這是一種多麼優雅的事，何樂不為？

看過多間，都有一些，但較普通。這個城市的古董店顯然不是每一件都珍貴，但至少不至於弄假貨來騙人。最後給我找到一支，手柄是銀製的，有個機關，一按製，打開來是個煙盒子，可放幾根香煙後備，非常喜歡，也就不講價買了下來。

晚上去看探戈表演，也可以請導師來教，費用不便宜，據聞都是大師級的，太專業了。音樂非常值得欣賞，我從小愛聽，甚麼 La Cumparsita、Jealousy 等等，如雷貫耳，聽現場演奏，更是震撼。

還是醫肚吧，最著名的是一種烤包，外形像我們的餃子，但有手掌般大，裏面有各種餡料，叫 Empanadas。

不是用來吃飽的，是正餐與正餐之間，算是點心，我們要了幾個就飽得不能動彈。

餓的時候看來是誘人的，外層烤得略焦，香噴噴上桌，一吃，餡並不是很多，覺得有點孤寒，而所謂餡，不像我們包餃子時調製過的，就那麼塞些芝士、番薯粒之類的齋菜，但也有較貴的肉碎，總之下得不多。

我們去的這家叫 El Sanjuaninos，很出名，裏面裝修古樸，給人一種家庭的溫暖感覺，侍者也親切幽默，顯然應付過很多外國客，一聲不響地捧來一大盤烤包，各種餡齊全，我都試了一小口就放下，這種東西早已聲明是用來填肚，非美食。

菜單很厚，仔細研究後點了最多人叫的豆湯，平平無奇，但是他們做的牛肚羊肚就很精彩，值得推薦，這裏還賣鹿肉，但沒特別的野味味。

氣氛還是一流的，價錢也便宜得令人發笑，各位到了布宜諾斯艾利斯，也不容錯過。

繼續阿根廷之旅，國內機位難訂，我們要去的地方要多次折返首都布宜諾斯艾利斯，結果友人乾脆包了一架私人飛機，計算一下，連同機場等待及各地住宿，可以節省了兩三天，大呼值得。豈知當今小型飛機多被毒販租來運貨，好在關閘人員見我們幾個樣子也不像，不多留難。

先飛阿根廷最南端的 El Carafate，要看冰川的話，這裏有最佳設施。到達後入住當地最好的酒店，所謂最好，也不過是大木條建築的露營小屋之類，令人想起在冰島觀北極光的旅館。

這家叫 Xelena 的酒店面對着個大湖，早晚日落日出甚為壯觀，除此之外沒甚麼特點，印象最深的是早餐的桌子上擺着喝馬蒂的壺，冬青葉大把自己添加，酒店的熱水一向不滾，用來沖泡溫度剛好。

我們去的時候是阿根廷的冬天，在首都也只有攝氏二十四度，但來到這裏寒冷之極，整套冬天衣服搬了出來，也好像不夠溫暖。

小鎮離酒店也要十多分鐘車程，像西部片般有條大街，還開了個賭場，我們當然不會走進去。最熱鬧的還是一家賣冰淇淋的，越冷越想吃雪糕，來到了這裏大吃特吃，還淋上當地土炮，有點像伏特加的，溝了冰淇淋之後才覺得喝得下。

友人很愛吃雞肉，但阿根廷賣的都是雞胸，他懷念雞翼，見鎮上有家肉店，走進去看有沒有，餐廳不供應，自己帶去呀，結果看到的也都是雞胸肉，翅膀不知飛到哪裏。

有家工藝品店，只有老頭一人守住，看見了一個馬蒂壺，很天然的紅色，很美，品味甚佳，買了第二個，當今對着它寫稿，像更有靈感，也順道在小超市買了一包冬青葉，本地人說 Rosamonte 的牌子最好，也盲目地跟着購入，一袋五百克，賣二三十塊港幣。

晚上去老饕推薦的烤肉店，去過這麼多家，都無印象，每次我只嘗羊肉，較牛肉易嚥喉，記得來布宜諾斯艾利斯第一家餐廳時，侍者拿出一粒粒炸過的東西，原來是羊睾丸，我也敢試，不好吃而已。

紅酒不喝了，經常叫一種當地的黑啤，苦得眾人都皺眉頭，我不怕，最多要一瓶可樂溝着喝，大家看我叫可樂，也出奇。

第二天就出海了，所謂海，是個大湖，包了一艘大船，航行了一個小時左右，在船上餐廳大喝馬蒂。心急地等待，終於有塊冰川的碎冰飄來，所謂碎冰，也巨大，像個小島，竟然是藍顏色的，像染過小時用的藍墨水的 Royal Blue。大家喝彩，後來越飄來的越多，看厭了也不覺新奇。

終於到達冰川，像整個藍色的大陸，一個一百三十五米高的冰塊出現在眼前，到底，是值得一看的，人生。

船停下，船夫用鐵鈎拉了一大塊冰，鑿開，做雞尾酒給我們喝。我還是要了一個大口威士忌杯，把冰放在裏面，再注入酒。這是億年冰的 On The Rock，相信很多酒吧中喝不到。

以為這是最高最大的冰川，翌日到達的 Perito Moreno Glacier 才是最厲害，整個冰川的面積是二百六十七平方哩，被選為世界天然文化遺產，你會感覺到整個天、整個地都是冰。阿根廷政府知道這是賺錢，大量投入資金做得很好，有六哩長的木頭走廊，方便遊客在各個角度去欣賞，年紀大的人有電梯可乘，其實步行起來也不艱難，不然可以乘船周圍看。

腳踏冰川是要看季節的，我們不巧沒遇上，但在冰島時已經走過，在遠處近處都能觀賞，也就算了。本來想要描述多一點遊冰川的經歷，但已怎麼想都沒甚麼可以寫的了。

只是離開時，從飛機窗口望下，才知道那是巨大的河流直注入海，遇冷空氣忽然全部凝結成冰川，我們到過的比微粒還小，如果這麼一來也學不到甚麼叫謙虛，就沒話可說了。

經一個多小時的飛行，我們抵達了有小瑞士之稱的 Bariloche。別人怎麼想我不知道，只感到這是阿根廷之旅中最乏味的一程，像瑞士嗎？湖邊幾間木小屋有點味道，據說這裏德國人最多，也許戰後納粹遺黨跑到這裏躲起來吧，我是一點不覺得它漂亮的。

入住的旅館 Liao Liao，根據西班牙文讀法，L作Y，也許是搖搖，中國人發音成聊聊，正式的話讀作紹紹。紹紹酒店大得不得了，是一般遊客入住的，我們的貴賓房間面對着湖，不能說不漂亮。

有些朋友已即刻到酒店設有的高爾夫球場，我好好地浸了個肥皂浴，披上浴袍，坐在陽台上面對着湖，看顏色轉為綠的，成藍，夕陽之下，又染紅。

翌日有遠足活動，也有野餐，我不參加了，繼續在房間內寫稿，也乘機打聽鎮上有甚麼吃的，好了給我找到一家中國餐廳，叫「黃記中餐館」，聽說是福建人開的，這對路了，有炒麵吃，即刻打電話去，和對方用閩南話對談，說有豆芽，大喜，眾人回來後一齊去，有甚麼吃甚麼，幾乎所有食物都給我們吃光。

本來到當地就吃當地東西，叫甚麼中國餐？但這次我毫不羞恥地承認，是的，我要吃中國菜！我要白飯，我要醬油！

我們來到了阿根廷之旅的最後一站：伊瓜蘇瀑布（The Iguazu Falls）。

從飛機上看下，一片又一片的熱帶雨林，連綿不絕，有較亞馬遜的還大的感覺。巨川穿過，到了伊瓜蘇瀑布口收窄，叫為「魔鬼的喉嚨」。

整個瀑布呈J字形，不是很大呀，飛機師聽到了哼哼一聲：「到了下面你就知道。」

世界有三大瀑布：南非贊比亞和津巴布之間的維多利亞瀑布，巴西和阿根廷的伊瓜蘇瀑布，還有看過伊瓜蘇之後，羅斯福夫人嘆為可憐的美加尼格拉瀑布。

到底哪一個最大？據資料：伊瓜蘇最闊，但中間給幾個流沙堆積成的島嶼分割，變成維多利亞最大。而尼格拉瀑布的高度只有伊瓜蘇的三分之一，最沒有看頭了！

誰最大都好，伊瓜蘇的有各個不同形狀和角度去看，總計有好幾百處，伊瓜蘇毫無疑問是天下最美的。

伊字在當地語是「水」的意思，而瓜蘇就是「大」了，美麗的傳説是天神想娶一個叫娜比的少女，但她和愛人乘獨木舟私奔，天神大怒，用巨刃把大地切開，造成瀑布，將這對情侶淹死。

要遊伊瓜蘇，先得進入巴西境內，有個數十萬平方米的國家公園，保護着大自然的一草一木，沿途看到巨喙的大鳥和鼬鼠，並不怕人。

終於到達我們要入住的酒店 Dias Cataratas，外表粉紅色，像出現在《時光倒流七十年》（Somewhere In Time）（1980）的電影中那麼浪漫。

經花園到游泳池，進房後先看浴室，已比普通套房還要大，一切設備完善，書桌上擺滿鮮花，讓客人不想出門。

但已經心急，乘着夕陽，直奔就在酒店前面的伊瓜蘇，才明白機師所謂，確實偉大！瀑布一個接一個，顏色不斷地改變，水流隆隆作響，沖到石頭濺散，造成幾十道的彩虹，是天下最美的景色，要求婚的話，還是帶女朋友來，才算有情調。

欣賞瀑布有幾個方法，我們都玩盡了，翌日乘直升機，從高處感覺不到瀑布的威力。再乘船，除了被水濺得一身濕之外，別想拍甚麼照片。

最好的當然是步行了，我們除了在巴西這邊看之外，還折回阿根廷那邊欣賞，角度更多。阿根廷政府致力發展旅遊，搭着完美的木梯讓遊客一步步爬上爬下，上年紀的遊客則有電梯可乘。

我沿着木梯從上流走下，像進入了瀑布的心臟，有如李白形容的水從天上來！水珠造成的視覺效果，幾乎都是彩虹，一生人沒有看過那麼多，每次看到一道，都想見見彩虹的末端，是否有像洋人形容的出現一鍋金子？這次證實是找不到的了。

和馬丘比丘一比，一個是靜的，一個是動的；一個是死的，一個是活的，這種人生經驗難得，必去的地方，伊瓜蘇瀑布是首選。

折回首都布宜諾斯艾利斯，去看上次沒時間看的歌隆歌劇院，和歐洲各大城市的一比，這裏的當然顯得渺小，裏面裝修的所謂豪華，都貧乏得令人發笑。

但是，喜歡歌劇的人才會欣賞，它的舞台比觀眾席更大更深。地板下面挖空，像小提琴的效果一樣，強烈回響。最佳座位大家以為是總統包廂，對着舞台的戲票反而不值錢，豈知總統包廂只能看到小部份的表演，那個座位，是讓觀眾看到人，而不是人看到戲的。

整個劇院有七八層高，最奇妙的是最低的，只有半層，是讓誰來看？原來是寡婦專席，帶喪的人不方便在公眾面前出席，只有偷偷躲在這裏，看其他人的時裝，而不是來聽音樂。

另有一奇處，天花板上有一個巨大的圓頂，大到可以藏住兒童合唱團，由其唱出銀鈴一般的的歌聲，有如天籟之音。怪不得大家一致讚說這是天下最好的歌劇院，到了布宜諾斯艾利斯，千萬別錯過遊覽的機會。

阿根廷最高級的名牌是叫 Ilaria，其實是家秘魯公司，機場和各大商行沒有它的分店不行，它做得最好的是銀製品，臨離開的前一天剛好碰上我的生日，友人送了我第三個馬蒂壺，還有一個土婦賣烤馬鈴薯的鑲銀工藝品，手工精細，甚得我心。

我自己也在該店買一個送給自己的禮物，那是一個純銀的名片盒子，薄得不得了，雖然只可裝四五張，但這種優雅年代的用品，豈可不擁有？

返港的航班是深夜，我們還有時間，就到貴族公墓旁邊的廣場走走。適逢日落，把自己的影子照得長長地，舉起手機，拍了一張。周圍的公寓建築得比香港那些暴發戶型的還高級，每個看更西裝打領帶，不像我們的在旁邊弄個小火爐煮公仔麵。

別了，阿根廷，一個可以重遊的國家。

澳洲

重訪墨爾本

和國內最大的旅行社合作，問我想去哪裏，想了一想，好久沒有吃到一碗真正的越南牛肉河了，當然是去墨爾本的「勇記」了。

一團人出發，到達後先吃一頓海鮮。澳洲的海水最乾淨，養出不是很大，但粒粒肉非常飽滿的生蠔來，價錢又不貴，吃個過癮為止。團友們問我下不下檸檬汁或辣椒醬？我回答生蠔的最佳調味品，是海水。

離晚飯還有一段時間，別人休息時我已忍不住，先跑到「勇記」去大擦一頓。在墨爾本越南鎮 Richmond 的才是正宗，門口還貼着二〇〇一年我在《壹週刊》寫的一篇文章〈為了一碗牛肉河〉，插圖由蘇美璐畫着我對這碗河粉作祈禱狀，表情滿足。

當然是先喝那口湯，啊，所有的記憶都回來了。天下老饕嘗盡所有美食，也都認同越南牛肉河是最低微、謙虛和美味的食物之一，只要喝一口「勇記」的湯，你便會變成這家人的信徒。大家吃遍越南本土和法國的，都一致同意「勇記」是天下第一牛肉河。

一來再來，和老闆娘已成為好友，見面互相擁抱，再叫一碗撞牛血，用滾牛肉河的清湯，在最熱的時候撞進碗底的牛血，即時凝固成豆腐狀。大家要是有機會去，一定要叫，別的牛肉河店沒有，是唯一的。

地址：208, Victoria Street

電話：+61-3-9427-0292

晚上，我們去了一家叫「Maha」的餐廳，為甚麼選它？是在 TCL 節目中出現的中東大廚 Shane Delia 開的。沒吃過，總要試試。

店開在墨爾本唐人街的外圍，用澳洲人的生活水準來算還是貴的，但生意滔滔。可能是我對中東菜不熟悉，不覺得有甚麼了不起，在節目中做的一些特別的菜，餐廳裏也沒有，吃後印象最深刻的只是一道羊肩，其他沒甚麼大不了。

地址：21, Bond's Street, Melbourne

電話：+61-3-9629-5900

網址：https://maharestaurant.com.au/location/

澳洲沒有甚麼好的本地菜，但牛肉還是有它獨特的味道。

我說的不是甚麼澳洲和牛，而是土種牛。做得最好，又是最老的店，當然是「Vlado's」了，老闆用手敲打牛扒，把肉敲鬆之後燒烤，數十年如一日，當年他說做了三十年，再也沒有第二個三十年，一語言中，去世了。

好在他的得力助手跟着他的古法手敲牛扒，還是一家很吃得過的牛扒店。吃澳洲最好牛扒，當然得喝最好的澳洲紅酒，那就是Penfold Hamitage了，不暴利，賣得比外面的售價貴一點吧了，團友王力加請客，共開了四瓶，喝一個痛快。

地址：61, Bridge Road, Richmond

電話：+61-3-9428-5833

墨爾本是一個移民都市，甚麼菜都有，說到日本菜，還是「昇家（Shoya）」。賣老派日本菜，甚麼叫老派日本菜？

刺身仍裝在一個大冰球裏面，以防變熱，這種六十年代的功夫，大家嫌老土，沒甚麼人肯做，一個人一個冰球，很費功夫。

唉！人老了，就欣賞這些，其他的日本料理，每一道都精彩，時下年輕人還是覺得迴轉壽司的三文魚刺身好吃得多。

為生意平衡，「昇家」也在該店二樓開了日式酒吧，許多日本女遊客和學生前來客串，有興趣不妨一遊。

地址：25 Market Lake, Melbourne CBD, Victoria, 3000

電話：+61-3-9650-0848

網址：http://www.shoya.com.au/

「萬壽宮」還是那個老樣子，一樓不做生意，只當門面，電梯上二樓，掛滿每一年份獲得的獎狀。

開中國菜館開到像「萬壽宮」，到世界任何一個角落都有面子，說高級比任何西餐廳高級，說好吃比在中國的更好吃，利用當地最好最新鮮的食材炮製最高級的中菜，洋人都覺得來這裏是內行。如果中國人想到海外打天下，去「萬壽宮」學習吧，也不用我介紹有甚麼好的，你一去，一坐下，侍應就會介紹讓你滿意的。

地址：17 Market Lane, Melbourne, Victoria 3000

電話：+61-3-9662-3655

網址：http://flowerdrum.melbourne/

「劉家小廚」由「萬壽宮」的創辦人劉華鏗主掌，他退休後沒事做，兒子開間小館子，劉先生出來幫幫手，一幫就停不了過來。服務當然是一流的，至於菜式，單單一味牛舌頭就顯真功夫，牛舌是澳洲的最好，他把前面硬的那一截棄之，滷得香噴噴，一吃上癮。

地址：4, Acland Street, St. Kilda, Melbourne

電話：+61-3-8598-9880

網址：https://www.zomato.com/melbourne/laus-family-kitchen-st-kilda

大名鼎鼎的英國米芝蓮三星廚子Heston Blumenthal說關了倫敦的店去墨爾本，其實是沒有關的，開多一家吧了，他本人並不在店裏，所做的菜，可用粵語來形容，是「整古作怪」吧了，店開在賭場裏面。

最大的驚喜，還是在市內的古董店。以前我在墨爾本住過一年，常去逛，在Armadale一帶有很多家，當今一間一間的關閉，「Armadale Antique Centre」還在，由英國來的移民帶來不少古董。

而我要找的，恰好是那個年代的時尚手杖，我去了意大利只找到一支，來到這裏，一口氣買了六根，其中一根紅色瑪瑙頭，裏面銅質雕工精細，有個武士騎着匹馬的，喜歡得不得了，已值此行。

地址：1147 High Street, Armadale, Victoria 3143

電話：+61-3-9822-7788

網址：http://www.armadaleantiquecentre.com.au/

維多利亞市場

要發現澳洲墨爾本這個城市的好處，先由維多利亞皇后市場開始。

這地方已有百多年歷史，從前是中國人的墳墓，他們來澳洲淘金，淘不到，就留下來耕田種菜。死後埋了，一大片的地，不知要葬多少人。

賣豬羊牛和魚的部份最有特色，老建築物中重新裝修，乾淨得很。只要抬頭仔細地觀察，就能看到每一個檔子的上面都有一條很粗的鐵軌經過，原來是用來吊豬牛的，由屠場中運來之後，一隻隻地從門口用鐵鈎掛着，用滑輪原理，很輕易地推到檔口，不必搬得半死。

小販們依傳統，不停地大聲推銷，像今天甚麼肉最便宜等等，整個市場非常之熱鬧。

澳洲地廣，農畜業發達，在這裏賣的東西，比香港要便宜一半以上，只要自己能燒菜，澳洲是一個很容易生存下去的地方。但是澳洲人也不都是吃飽了就算數，從他們賣的貨物種類和品味，知道有許多人還是很會享受人生的。

有一檔叫 Jago，甚麼肉都賣，而且部份分得非常詳細，供應市中老饕，我以為自己甚麼都嘗試過，但是看一盤手指般大，一條條的像骨髓的東西，就不知道是甚麼。

一問之下，原來是牛的淋巴腺。

從來不知此物可食，即刻買了，當天中午到一家意大利餐館叫他們炮製。做法是先將淋巴腺用滾水灼了一灼，然後再以橄欖油和蒜蓉煎之。吃進口，很軟熟，有如豬腦，但較有咬頭，很香甜。

「肉類之中，甚麼部份最好吃？」我問小販。

他回答：「當然是頸項的肉。」

怪不得我們吃鵝也都喜歡吃頸，英雄所見略同。

每個肉檔每天早上由批發商入貨，大家都希望以最低價錢投得。一貴了，當天生意就差，因為隔壁檔賣得便宜一兩毫，精打細算的家庭主婦會選擇。顧客們絕對可以放心，在這裏會得到最公道的價錢。

比較之下，還是一家叫 Brinkworth 的生意興隆，那是因為他們也做二手批發，購下的數量較大，價錢當然便宜。但是最便宜最便宜是等到市場收檔之前來購買，有些貨當天賣不出去便不新鮮，這時是名副其實地大出血，一公斤賤賣到四五塊澳幣，窮人也能大魚大肉。

除了人吃的肉，寵物糧食也有一兩家人專門做，給狗吃的肉是不必經過政府屠房的，價錢特別賤，拿來紅燒，人也吃得過。這檔人還賣狗吃的巧克力。一個個像五元硬幣那麼大，據說人吃的巧克力太多糖，對狗不宜，小販們即刻想到用牛骨加乾肉製造，相信運到香港去賣，也有大把愛犬家入貨。

外國遊客來到維多利亞市場，可買他們最貴最柔軟的牛排回國。用真空處理的包裝機，塑膠袋抽空空氣後壓縮，肉類冷凍後，可保存十個月。日本人尤其喜歡，每公斤的肉只有東京的五分之一的價錢。

走過肉檔就是海鮮店了。拇指般大的生蠔，一公斤二十塊港幣，有六七個之多，味道不遜法國貝隆。這一家賣海鮮的自稱永不用冰凍貨，又說當天所有的魚蝦一定要當天賣完為止，隔夜東西絕對不出售。

問老闆說：「你們吃魚，都喜歡切成一片片地，怎麼看得出是不是冷凍的？」

「第一，先要看同種魚類有沒有一大條地賣。」老闆解釋：「如果看不到整條的，千萬別買那一片片的，顧客刁鑽，要求我們現劏，我們也照做。第二，看魚的眼睛是否光亮，死沉沉的是冷凍。第三，看盛着那一片片魚的鐵盤子內是否有漬水。漬水是因為冰溶化才有這種現象。盤子乾的，應該沒有問題。」

市場的另一個部份是專賣芝士麵包、香腸等乾貨的地方，芝士除牛羊之外，有些用袋鼠乳做的，雖然沒吃過，但不想試。麵包種類至少有一百種以上，香腸亦多花樣，有種高級的，是用豬面頰的肉做的，叫 Cotechini。

逛逛菜市，買喜歡的即食食物，加瓶酒，拿到公園去嘆，曬曬太陽，何必迫自己去光顧麥當勞？

雞肉是在乾貨市場賣的。問說為甚麼不歸類在豬牛羊部份？小販回答：「從前是在現場劏雞的，弄得雞毛滿天飛，所以賣雞的被趕了出來。」

雞販很健談，便和他多聊兩句：「甚麼叫做 Spathcock？」

「哦，那是很年輕的雞。」

「Poussin 呢？」

「更年輕，只有五個禮拜大。」

「這隻叫 Guinea Fowl 的呢？」

「Guinea Fowl可以說是雞的老祖宗，所有的雞都是由牠進化出來的，所以這雞最有雞味了，一隻Guinea Fowl的價錢，可以買五隻普通的雞。」雞販解釋：「牠還有一個特點，那就是喜歡亂啼！叫聲之大，吵得天翻地覆，和女人一模一樣！」

雞販說完，給他老婆瞪了一眼，他即縮頭，做烏龜狀！

塔斯曼尼亞

老遠地來到墨爾本，而不去塔斯曼尼亞 Tasmana，是一個大損失。

要去之前先將行程打聽清楚，在墨爾本最繁華的哥林士街上，有座大建築物，是塔斯曼尼亞旅遊協會，資料應有盡有。

因為前一陣子有瘋子屠殺人群事件，加上現在嚴寒，沒甚麼人肯去塔斯曼尼亞玩，減價機票來回不到兩百塊澳幣，合一千港幣左右。

由墨爾本去，只要五十分鐘，但是買機票時，要認清塔斯曼尼亞有兩個機場，南部的荷拔 Hobart 和北部蘭卻斯頓 Launceston。塔斯曼尼亞雖是一個小島，但比香港大得多，一頭一尾，三個小時的車程。

遊該島，最好先抵達荷拔，要是想較有情調，可乘船去，豪華艙雙人二百二十五塊，一般位只要有九十九塊兩個人，每人合三百港幣。晚六時出發，晨早八點半抵達。

上岸後，便會發現很多租車公司在互相割喉，大機構三十五塊租輛車，小公司減至二十，合港幣一百二十元，再不然，租架帶臥室廚房及洗手間的，八十五大洋，連酒店錢也省下。不租車，乘的士也方便，這裏的的士，是全國最有禮貌的，司機會下車替乘客開門，為塔斯曼尼亞的特色。

經濟能力充足的話，到了荷拔，有最豪華的Grand Chancellor，或設有賭場的Wrectpoint，但嫌酒店太新，太美國化，最好還是選高格調的Lenna of Hobart，可指定一間望碼頭風景的房間，室內佈置優美，有讓人橫臥的西洋式貴妃椅。浴室瓷磚下，佈滿發熱線，腳踏上去，溫暖舒服，實為一大享受。

下榻後往外走，荷拔從前是個捕鯨魚的港口，一排排從前貯藏鯨魚的貨倉，現在改為工藝品店和餐廳，其中有家出名的牛排店叫「Ball & Chain」，用當地牛烤，新鮮得流出甜汁。但來了這裏，當然是吃海鮮，到「醉海帥（Drunken Admiral）」去吧，裏面佈置皆與航海有關。菜譜也是，叫一客「海盜復仇（Buccaneers Revenge）」或「沉船海礁（Shipnreck Reef）」風味獨特，別處吃不到。

還有一家叫「味覺（Mikaku）」的，是全澳洲最早的一間日本餐廳，現在由一個來自南京的青年經營。大陸人在澳洲落地生根，很多賺了幾年錢，便開中餐館，想不到來到這個小島，也遇到一個搞東洋菜的。

第二天，便可到附近的Bonorong Part野生動物中心看「塔斯曼尼亞魔鬼」，這是一隻頭很大，身很小的貓狀動物，柔順起來非常可愛，發起怒來極兇猛，只生長在這島上，除了這隻怪物之外，還有「塔斯曼尼亞老虎」，據說牠的嗅覺為天下最厲害的，一天之前，已聞到人類接近的味道，即刻逃跑，所以至今還沒人看過牠是怎麼的一個樣子，大概是像龍一樣的傳說吧。

這裏最出名的啤酒叫「Cascade」，旅客只要付七塊錢，便可有個兩小時的全廠遊覽，了解啤酒如何製造，並請你唱三大杯，醉醺醺地走出來。

離荷拔四十五分鐘，可來到鱒魚博物館，陳設着各種釣魚的工具，順道到三文魚池，耐心地坐在池旁數小時，釣不到不要緊，風景美得迷人。

經菲爾山，一路蒼蒼巨木，北上到史特威（Strahan），乘遊艇，看周圍的雨帶原始森林，有些Huon松樹，樹齡已達二千幾年以上，比耶穌還老。

蘭卻斯頓是北方要鎮，在這裏可租一家住家式的小酒店，晚上用松木生火，躺在火爐旁開香檳，吃在市場上買回來的生蠔，粒粒肥大，一吃三四打，面不改色。

離市中心不遠，有個 St.Matthias 葡萄園，現在樹已枯，但有些木場曬的葡萄乾，一串串地，如紫色的珍珠，完全不加人工的色素和糖份，吃起來特別有味道，再加上陳年佳釀，又是醉昏昏的半日閒。

在蘭卻斯頓的最大享受是它的 Aquarius 羅馬浴室，池子有奧運游泳池那麼大，分特熱、微熱、溫和冰冷的幾個小池子，另有八十度高溫的三溫暖，再來個泥漿或海藻浴後，妙齡女郎前來全身按摩。以為年輕沒技術，但勝在出手重，還是滿意。

歸途為趕時間，乘四人座的小飛機，一路看下來，塔斯曼尼亞有九成以上的地方，是沒開發的荒野和森林。

忽然，機器故障，逼得未到荷拔就在 Claremont 找空地降落。虛驚一場，一定要得回補償，去附近的「吉伯利朱古力廠」參觀，吃得滿嘴烏黑，幾包紙巾都不夠用。

回到荷拔，又散步至碼頭。寧靜、無風、陽光、小艇、大船、美麗是當然的，但最特別的是聞不到海水的腥味。碼頭邊有賣海鮮的躉船，又叫了兩打生蠔，一條比目魚，請廚子炸至焦，魚肚中的春才好吃。春很多，佔全條魚的三分之一。又叫了個海龍王湯和咖喱海鮮飯，吃得飽飽才上路。

餐廳老闆來自悉尼，他說：「悉尼節奏太快，搬到小島上，屋子和食物都便宜，生活好過。你呢？想不想來這裏定居？」

我懶洋洋地：「香港節奏太快，搬到大島，屋子和食物都便宜，生活好過。有一天，也許會住悉尼。」

Thorn Park Country House

這次在南澳阿特萊德旅行，印象最深的是住進 Thorn Park Country House 這家小客棧。

說是旅店，其實是一個被當地人招呼到他家裏住幾晚的經驗。而這個過程，並非到處都可以用金錢買得到的。

地點是離開阿特萊德一個半小時的車程，一個叫 Clare Valley 的釀酒區裏面，租輛車，自己駕去最方便，迷失了路，才覺手提電話的方便。不然，請阿特萊德市中心的任何旅館安排，請個司機前往，也不是件大事。

幽靜這兩個字，可以代表 Thorn Park Country House 。在這裏享受到的安寧，是都市人羨慕的。

一片小叢林大概有六十英畝的地，都屬於客棧的地，主屋裏有五個小套房，另一間建在從前高大的穀倉裏，不喜歡和大家住在一起的客人，有自己的天地。

走進客廳，古董傢俬並沒給人陰森的感覺。屋主的品味很高，先給客人舒服的印象。

牆上掛的並非名畫家的作品，樸樸實實的幾幅風景點綴點綴。進入小圖書館更是清雅，各種圖書配合古典音樂音響，種類應有盡有，一個燒柴的小火爐，冬天可在爐邊閱讀，更是高層次的享受。

房間不大，由天花掛下蚊帳，我去的時候看不到蚊子，但是照樣把蚊帳放下，躲進裏面，十足的安全感。

浴室裏擺着古董瓷缸，掛毛巾的架子通了電，整天保持用起來的溫暖感覺。洗頭水，護髮素，牙膏牙刷肥皂等不在話下，還有個小花盆，裏面擺着頭痛片和醫治水土不服的藥丸，另有安全套備用，任何細節，都周全地想到。

最讓我欣賞的是他們的廚房，兩個大頭火爐，可以煮出大排檔式的鑊氣，另外有六個煤氣爐煲湯或燒魚，焗爐可以烘麵包烤羊腿。

整個廚房是開放式的，所以抽氣設備做得完善，一點也沒油煙，裏面有張長桌，讓客人吃早餐。

說到早餐，這家人由兩位男主人親自管理，David Hay 和 Michael Speers，前者是位名廚，這頓早餐簡直是一場宴席，各種名牌英國紅茶具備，也能選擇中國的香片和烏龍。

麵包剛出爐，果醬是自己將園中的水果炮製的，雞蛋和蘑菇都由鄰近的農場取材，當然新鮮。

接下來是醃肉、小牛扒、羊肩肉、各種香腸、芝士，再吃下去，午餐可免。大衛的廚藝再次於晚飯時獻寶，傳統的澳洲食物中加了法式和意式的烹調。東方菜也拿手，單單看廚房架子上的醬油、辣椒醬、蠔油和魚露牌子，就知道大師傅的要求是醃尖嚴謹的。

餐桌上當然擺着鮮花，爐邊的花瓶裏卻插着一大堆芫荽、金不換葉子，隨手摘下來煮食。

大衛在燒早餐時，他的夥伴米高走了進來。

大衛說：「David's」

「Michael's」

起初聽不出為甚麼自己叫自己的名字，而且名字後面還要加一個「S」。

原來他們是在說：「大衛是屬於米高的。」另一個說：「米高是屬於大衛的。」

兩人舉止並不肉麻，也看不出有何娘娘腔的地方，總是一切自然，他們的親熱，並不干擾到客人。

住了下來，才感覺整間屋子像是自己的。大衛和米高在需要時才出現，我們晚上在圖書室看書，他們推了一架小車進來，準備了茶酒和糕點，放下後又消失。

第二天一早，散步到穀倉，他們兩人將它改裝成畫室，所有的畫具都齊全，客人可以獨自畫畫。每週一次，有群好友在這裏舉行雅集。你畫我我畫你，畫得疲倦，就高談闊論藝壇的動態，大家感情不錯，但又做到君子之交淡如水，不太過熱情。

整個畫室有三四千呎，後面又有個大廚房，可以搞舞會和六十個人之內的晚餐。

連着穀倉的那間小套房裏也有個小廚房，適合我這種三更半夜起來整宵夜的客人。

來這裏住的客人多數是不計較房租的，但是看價錢表，合理得出奇，包吃包住，供應三餐，每人收二千四百港幣，如果兩人合住一間房，少收八百，在城市的餐廳吃三頓飯，也不止這個價錢。

整間老屋建於一百四十多年前，經過了幾個人家，才到大衛和米高手上，當時很破落，兩人一板一釘地把這間旅館建好，花了不少功夫。

問大衛和米高：「你們怎麼會想到把這個地方買下來，開客棧呢？」

回答得好，他們同時說：「瘋狂 Madness」

地址：Quarry Road, SEVENHILL Via Clare Valley , South Australia 5453

電話：+61-8-8843-4304

網址：thornpark.com.au